CRIMEN CONTRA LA HUMANIDAD

CRIMEN CONTRA LA HUMANIDAD

Alberto Vázquez-Figueroa

GRUPO ZETA

Barcelona • Madrid • Bogotá • Buenos Aires • Caracas • México D.F. • Miami • Montevideo • Santiago de Chile

1.ª edición: mayo, 2015

© Alberto Vázquez-Figueroa, 2015
© Ediciones B, S. A., 2015
   Consell de Cent, 425-427 - 08009 Barcelona (España)
   www.edicionesb.com

Printed in Spain
ISBN: 978-84-666-5719-8
DL B 9354-2015

Impreso por LIBERDÚPLEX, S.L.
Ctra. BV 2249 km 7,4
Polígono Torrentfondo
08791 Sant Llorenç d'Hortons

I

Abrió el sobre y le sorprendió descubrir que contenía una colilla.

Tiempo atrás, conociendo como conocía a Simon, hubiera pensado que se trataba de una de sus absurdas bromas, o una de aquellas adivinanzas con las que les encantaba retarse.

Sin embargo, conociendo como conocía a Simon, le constaba que ya no estaba de humor para juegos, puesto que había pasado de ser una persona alegre, animosa y divertida, a ser un hombretón hosco y amargado: la sombra de sí mismo y de cualquier ser humano, tan introvertido y obsesionado, que parecía vivir en las nubes.

Lo echaba de menos; es decir, echaba de menos al Simon de años atrás, aquel que lo sabía todo sobre libros, música o cine, aquel con quien solía pasar horas hablando, paseando, discutiendo y poniendo mutua-

mente a prueba su inteligencia y su capacidad de raciocinio.

Durante el último año, desde que Alicia enfermó,
el esplendoroso universo creativo de Simon parecía
haberse convertido en un infierno; el mismo infierno
por el que solían pasar todos aquellos a quienes la
muerte elegía con el fin de llevárselos haciéndoles sufrir lo máximo posible.

¿Por qué a mí, Señor...?

¿Por qué a ella?

Nadie tenía nunca una respuesta a tal pregunta; Simon tampoco la tenía, pero el dolor que experimentaba
era tan profundo que aunque se hubiera dejado uñas y
dientes en el intento jamás conseguiría aflorar a la superficie.

Le llamó pero no obtuvo respuesta.

Dejó pasar unas horas, volvió a intentarlo, pero al escuchar de nuevo la impersonal voz femenina que le no-
tificaba que el número estaba apagado o fuera de cobertura, le telefoneó a la oficina y la respuesta le dejó helado:

—Ha muerto.

—¡No es posible! Hace una semana estaba bien...
¿De qué ha muerto?

—Le atracaron al salir de su casa; se resistió y le golpearon tan duramente que estuvo tres días hospitali-
zado y no consiguió superarlo. Le destrozaron el hígado y el bazo.

Cogió el primer tren y mientras contemplaba un paisaje que había visto docenas de veces le vinieron a la mente tantos recuerdos que tuvo que hacer un enorme esfuerzo para no echarse a llorar.

Ya lo habían enterrado donde Simon quería, junto a su esposa, y al contemplar las tumbas de los que no hacía mucho eran dos seres sanos, esperanzados y siempre alegres, no pudo evitar hacerse la misma pregunta:

¿Por qué, Señor? ¿Por qué a ella que soñaba con quedarse embarazada y bromeaba siempre sobre que él no se esforzaba lo suficiente?

—¿Esforzarme...? —solía ser la divertida respuesta de Simon—. Asfixiado me tienes, de la cama al sofá y del sofá a la cama.

Eran a todas luces felices; felices en la espera, sabiendo que más pronto que tarde, aquel mes o al siguiente llegaría la gran noticia y la naturaleza completaría el círculo que se había dibujado desde que el primer signo de vida emergió de la nada.

Tenían derecho.

Más derecho que nadie, puesto que se amaban más que nadie.

Pero el destino nunca ha entendido de derechos, y rara vez suele dar lo que le pertenece a quien en verdad le pertenece.

La noticia fue otra; la peor, la que recibían a diario millones de personas.

¡Cáncer!

¿Por qué, Señor? ¿Por qué?

La casa estaba igual, pero ya no era la misma, tan muerta como sus dueños.

Tenía la llave al igual que Simon tenía llave de la suya, porque, excepto mujeres, siempre lo habían compartido todo.

A decir verdad aquello no era totalmente exacto; muchos años atrás habían compartido una cuyo nombre ninguno conseguía recordar.

Era rubia, tetona y gritaba en la cama, eso lo tenían muy claro; del resto ni se acordaban.

Se sentó en el salón en el que habían pasado tantas horas hablando; recorrió las habitaciones que ya no olían igual porque los hogares huelen como sus dueños y aquel ya no tenía dueños, y buscó en la mesa del despacho algún sobre parecido a aquel que había recibido conteniendo una colilla.

Pero no había ninguno.

Ni colillas, puesto que ni Simon ni Alicia fumaban.

Ella no dudaba en espetarle sin pelos en la lengua que si pretendía envenenarse con uno de sus apestosos habanos saliera a la terraza, porque por muy amigo de su esposo que fuera no le apetecía lavar las cortinas cada vez que le apeteciera visitarles.

—¡Bruja cortinera...!

—No solo lo hago por las cortinas, sino por las alfombras. Y por ti... —le respondía de inmediato—. ¿Aún te resistes a aceptar que el tabaco mata?

—También aseguran que produce impotencia y hasta ahora nadie se me ha quejado.

—¡Pronto lo notarás!

—Pues prefiero que me mate a que me deje impotente... —bromeó.

Ahora los dos estaban muertos, él los echaba de menos sentado en su salón y tuvo que resistir la tentación de encender «uno de sus apestosos habanos» pese a saber que Alicia ya no tendría que lavar las cortinas.

Se sentó a llorar y lo hizo hasta que llegó Gloria y lloraron juntos.

Fue como si le hubieran dado un masaje después de haber corrido una maratón.

Gloria no sabía nada de la carta ni de la colilla debido a lo cual se mostró muy sorprendida, puesto que también sabía que Simon ya no perdía el tiempo con aquel tipo de tonterías de adolescentes.

—Vivía atormentado... —dijo—. Como si el fuego le estuviera abrasando las entrañas o una rata le royera el corazón. Algo le obsesionaba, pero nunca quiso hablarme de ello.

—Raro en él porque nunca se calló lo que pensaba.

—Pero ahora pensaba mucho y hablaba poco. Tenía una libreta en la que tomaba notas y la llevaba a todas partes.

—¿Dónde está?

—No lo sé. No la encontré ni aquí ni entre los objetos que me entregaron en el hospital.

—¿Y no te extrañó?

Ella se encogió de hombros como queriendo dar a entender que aquel era un detalle que carecía de importancia.

—¿Acaso crees que me encontraba en condiciones de pensar en libretas mientras Simon se moría? Era mi hermano, Roman. ¡Mi único hermano! Unos canallas le destrozaron a golpes y aún los andan buscando. Lo único que podía hacer era rezar.

—¿Por qué no me llamaste?

—¿Para qué? ¿Para amargarte la vida? Pensaba hacerlo en cuanto saliera de peligro pero nunca salió. En realidad llevaba en peligro demasiado tiempo.

Roman Askildsen observó con infinito cariño a la atribulada muchacha a la que siempre había considerado casi una hermana.

De adolescente era una auténtica «plasta» a la que le encantaba distraerles cuando estaban trabajando y aprovechaba cualquier ocasión para acusarles de machistas, que tan solo inventaban historias en las que las mujeres no eran más que descerebrados pedazos de carne.

Y razón le sobraba; en todos los guiones que escribieron juntos, la mayoría de los cuales nunca llegaron a rodarse, jamás se habían planteado la posibilidad de concederle el protagonismo a una mujer.

Tal vez se debiera a que eran muy jóvenes y soñaban con ser los héroes de sus propias historias, o tal vez se debiera a que a decir verdad no sabían nada sobre mujeres, excepto que eran unas criaturas maravillosas cuando les hacían caso y unas pedantes engreídas cuando les rechazaban.

Probablemente, esa fue una de las razones por las que tardaron en triunfar en un oficio para el que estaban claramente dotados.

Él solía poner la imaginación y Simon montaba meticulosamente cada escena, dotándola de ritmo o de cadencia, pero les resultaba por completo imposible meterse en la piel de una mujer que pensara y actuara como una auténtica mujer, ni dentro ni fuera de la pantalla.

—Nadie es perfecto... —alegaba Simon—. Si quieren buenos guiones para ellas, que se los escriban ellas.

Y fue entonces cuando ellas comenzaron a escribirlos.

Y eran buenos.

Tardaron mucho en aprender la lección, puesto que para colmo de males empezaron a emerger directoras que sabían plasmar lo que otras mujeres habían querido decir, al tiempo que dejaban de lado a un par de machistas que tan solo pensaban en bragas y en braguetas.

Ser joven tiene un precio y lo pagaron.

Normalmente, es un precio que se abona a base de poner sobre la mesa un año de vida tras otro, pero los abultados intereses no siempre los asume con naturalidad el paso del tiempo.

Al fin y al cabo, y tal como sentenciaba su padre, «Más vale ser joven equivocado que viejo acertado».

Volvió al presente con el fin de inquirir:

—¿Qué has pretendido decir con eso de que llevaba en peligro demasiado tiempo?

—No lo sé exactamente —fue la desconcertante respuesta—. Que yo recuerde era un inconsciente a la hora de asumir riesgos y nada le asustaba, pero últimamente vivía aterrorizado. Y por lo que estamos viendo le sobraban razones.

—¡No fastidies...!

—Durante años constituyó mi pasatiempo favorito —admitió ella—. Pero al fin maduré, cosa que, por cierto, tardasteis mucho en hacer.

—¿Y de qué nos sirvió? Pero dejemos de hablar de nosotros e intenta aclararme qué era lo que atemorizaba a Simon.

—Supongo que sus propios pensamientos.

—Nuestros pensamientos no pueden atemorizarnos a no ser que incluyan el suicidio, y no creo que fuera el caso.

—Y no lo era. Simon nunca se hubiera suicidado

porque aseguraba que tenía que hacer algo «muy, muy importante».

—¿En relación con qué...?

—No tengo ni la menor idea.

—¡Pero algo tuvo que contarte! —protestó él con vehemencia—. Eras su hermana.

—Y tú su mejor amigo... ¿Acaso te contó algo?

Era una respuesta lógica y no le quedó más remedio que aceptarla. Ciertamente si algo había asustado a Simon se lo habría contado a él antes que a su hermana.

—Tenemos que encontrar esa libreta.

—Supongo que ya no existe.

—¿Qué te hace suponerlo?

—Llámalo intuición femenina o llámalo lógica. Si hay algo realmente turbio en la muerte de Simon, este no es un estúpido guion de los que solíais escribir al principio; aquellos donde el protagonista era el ínclito y nunca bien ponderado «Hombre Amoldable», y en los que los culpables eran unos cretinos que siempre dejaban cabos sueltos.

Lo que más le molestó siempre de aquella «niña plasta» era que acostumbraba a tener razón y sus argumentos resultaban indiscutibles, excepto en todo aquello que se refiriera a su exacerbado feminismo.

Extrajo el sobre del bolsillo con el fin de hacerle notar:

—En ese caso, tan solo nos queda esto.

—No es más que un sobre.

—Pero la letra no es suya.

Gloria la estudió detenidamente para acabar por asentir convencida:

—No. No lo es. Y tiene matasellos del jueves, cuando Simon ya estaba en el hospital.

—Eso quiere decir que la carta la enviaron desde el hospital.

La enfermera era una mujerona sudorosa e impaciente que consultaba continuamente un viejo reloj de bolsillo ya que se encontraba agobiada por el exceso de trabajo, en unos tiempos en los que el personal se había reducido al mínimo debido a la maldita afición de los políticos a ahorrar en todo, excepto en cuanto se refiriera a sus privilegios.

Pese a ello dispuso del tiempo suficiente para admitir que había enviado la inusual misiva.

—Sabía que no tardaría en morir porque lo habían destrozado interiormente y no podía negarme pese a que me pareciera un capricho absurdo —admitió casi de inmediato—. ¡Un sobre y una colilla! ¡Qué disparate...! Tan solo se le habría ocurrido a un loco, pero a mi modo de ver no estaba loco... Obsesionado sí, pero no loco.

—¿Y qué significado tiene la colilla?

—¿Y a mí qué me pregunta? Bajé a la calle y cogí la primera que encontré. Me rogó que escribiera la dirección con letras muy claras, porque se trataba de un apellido muy enrevesado y que no le dijera nada a nadie ni a su hermana, que si no recuerdo mal, volvía de vacaciones esa misma tarde. —Consultó una vez más su vetusto reloj—. Por mi parte he cumplido y ahora si me disculpa tengo que irme; hay más gente que espera para morirse.

No regresó a casa de Simon; estaba cansado de llorar y no tenía ganas de decirle a Gloria que al parecer su hermano había perdido la cabeza pocas horas antes de perder la vida.

Recordaba que años atrás habían escrito un guion abominable en el que la policía conseguía atrapar a un inepto asesino gracias a que había dejado en el lugar del crimen un cigarrillo de una marca que tan solo acostumbraban a fumar los turcos. Pero la colilla del sobre no tenía marca, y según había reconocido la enfermera la había elegido al azar.

Eso quería decir que de poco hubiera servido que la tecnología forense de última generación consiguiera identificar al fumador.

Podía ser cualquiera.

Pasó por una joyería y pidió que le enviaran a la atareada enfermera el mejor reloj de bolsillo que tuvieran, acompañado de una tarjeta suya en la que le daba las gracias por las molestias que se había tomado.

El tren, especialmente de noche, había constituido siempre un magnífico lugar para reflexionar, pero en esta ocasión ni la oscuridad ni el traqueteo le sirvieron de la menor ayuda.

Se devanó los sesos intentando encontrar algún sentido a tan incomprensible mensaje, pero le resultó imposible.

«¿Qué pretendías decirme...? —inquirió como si en verdad Simon pudiera oírle—. Sabías que tengo imaginación, pero no tanta...»

Los tres días siguientes los pasó encerrado en su apartamento releyendo los incontables guiones que habían escrito, e incluso repasando notas y apuntes sobre viejas historias que nunca habían llegado a concluir, pero excepto la deleznable secuencia del cigarrillo turco, no encontró ni una sola línea que condujera a parte alguna.

Habían trabajado juntos durante muchos años en el viejo y divertido oficio de confundir al espectador obligándole a transitar por senderos equívocos, entremezclando pistas y acabando, casi siempre, por aclarar que todo debía atribuirse a un trauma infantil que había quedado marcado a fuego en el subconsciente de los protagonistas.

Se habían rodado magníficas películas sobre un resbaladizo tema que a menudo rozaba el ridículo, pero ellos jamás habían escrito ninguna que mereciera ser recordada.

Lo suyo se centraba más en la acción y las bajas pasiones, con rudos vaqueros que siempre acababan alejándose galopando rumbo a poniente, impasibles pistoleros o desengañados policías que se despertaban corruptos y se acostaban heroicos.

Habían alcanzado notables éxitos comerciales en campos siempre sembrados de cadáveres, y en los que continuamente se escuchaba el silbido de las balas sin que ninguna atravesara el aire, porque como muy expresivamente señalara años atrás el inefable Giovanni: «Yo jamás produzco películas en las que abunden los tiros; produzco películas en las que abunda el ruido. Los tiros, aunque sean de mentira, cuestan caros, mientras que para el ruido utilizo siempre la misma banda sonora.»

No pudo por menos que sonreír al recordar al astuto maestro en el arte de maquillar decorados haciendo creer al espectador que había pagado por ver una multimillonaria superproducción cuando en realidad se trataba de un burdo reciclaje.

Giovanni era capaz de transformar el palacio de Nerón en un cuartel general nazi sin más ayuda que seis latas de pintura y tres banderas.

Le encantaba decir:

«Somos los más grandes porque conseguimos que la gente vea lo que queremos que vea, oiga lo que queremos que oiga, y piense lo que queremos que piense, y eso, ni Dios, ni aun el mismísimo Stalin, que ya debe de estar conspirando para quitarle el puesto, lo consiguieron nunca.»

Él fue quien le aconsejó:

«Nunca produzcas un guion que hayas escrito, ni pongas de protagonista a tu mujer, porque te arriesgas a acabar cornudo y arruinado.»

Siguió a pies juntillas su consejo y consiguió triunfar en el mundo del cine, aunque probablemente se debió a dos razones de peso: jamás había vuelto a escribir un guion, y jamás se había casado.

En los lejanos tiempos en los que aún trabajaba con Simon habían llegado a una firme convicción: vender los derechos de una historia era como casar a una hija: lo único que se podía hacer era rezar para que no la maltrataran al punto de dejarla irreconocible.

En cierta ocasión asistieron abochornados y estupefactos al estreno de una película en la que figuraban como autores pese a que en la pantalla no apareciese ni una sola escena ni una sola frase de las que habían escrito.

Aquel fiasco constituyó el comienzo del fin de su larga colaboración, debido sobre todo a que, al morir su padre, Simon se vio obligado a ponerse al frente de la empresa familiar, habida cuenta que la industria del zapato estaba en alza mientras que la del cine entraba en franca decadencia.

Un hombre sin familia como él podía y debía mantenerse en la lucha, pero a un hombre como Simon, del que dependían una madre, una hermana, una abuela y una tía sorda, le resultaba muy difícil continuar aspirando a un Oscar.

Fueron tiempos muy duros.

Le costó sudor y sangre establecerse en una ruidosa, apestosa, polucionada y agobiante ciudad en la que apenas conocía a nadie, teniendo que crear sus historias sin el socorrido frontón de aquel que jamás dudaba un segundo a la hora de pontificar con voz campanuda:

—Esto, querido mío, es una memez que no amerita ni un solo fotograma. ¡Es más...! ¡Ni siquiera una foto! Como continúes cagándola me temo que van a tener que rodar con rollos de papel higiénico.

—¡Pues aporta alguna idea que no apeste...!

—¿Para semejante pestiño infumable...? —fingía escandalizarse Simon—. Reservo mi genio para el día en que encontremos un argumento que nos permita escribir una obra maestra.

Pero los buenos argumentos no eran conejos que pudieran rastrearse en sus madrigueras, ni tan siquiera liebres a las que echarles los galgos, debido a lo cual el añorado «Oscar» arrojó su espadón, enfundó su revólver, subió a su caballo y se fue alejando mientras su dorada y monda calva devolvía los rojizos rayos del sol del ocaso...

«Funde en negro.»

Aquella era la forma en que de niños les gustaba ver acabar las películas, y la razón por la que no se iban a jugar al fútbol encerrándose a emborronar libretas que se suponía que estaban destinadas a contener apuntes de química o problemas de álgebra.

Incluso crearon un personaje mítico; el «Hombre Amoldable», que conseguía que físicamente las mujeres le vieran como siempre habían imaginado que sería su pareja ideal, lo cual en principio le permitía ligar con todas, pero sus relaciones fracasaban estrepitosamente debido a que a la semana ya intentaban cambiarle.

Nadie se atrevió a financiar semejantes películas.

Sonó el teléfono y no le sorprendió escuchar la voz de Mark Reynols:

—Me he enterado de la muerte de Simon. Te acompaño en el sentimiento porque sé que para ti era como un hermano.

—¡Gracias! No sé lo que es tener un hermano, pero se le debe parecer mucho.

—Llegaré mañana. ¿Has leído la sinopsis que te envié?

—No estoy de humor.

—Lo entiendo, pero te agradecería que lo hicieras porque si no te interesa tendré que buscarme otro coproductor.

—Empezaré ahora mismo.

No había nada que le apeteciera menos que ponerse a leer la sinopsis, no ya de una película, lo cual al fin y al cabo formaba parte de su vida, sino sobre todo de una serie de televisión, porque desgraciadamente, y por culpa de internet y la piratería permitida por los gobiernos, el cine, el buen cine, aquel que le había hecho soñar en una sala a oscuras casi desde que tenía uso de razón, había tenido que ir dando paso a unas casi interminables series que alargaban una buena historia hasta convertirla en un indigerible culebrón.

Una vez más el arte había tenido que deponer sus armas ante una industria de la que habían desaparecido los grandes productores capaces de arriesgarlo todo en pos de un sueño, dejando su lugar a abominables ejecutivos de calculadora en mano a los que lo único que les importaba era que «el resultado obtenido» rindiera un beneficio neto superior al doce por ciento.

Tomó asiento en su butaca predilecta y se dispuso a sufrir un duro castigo.

SEC 1. *Miles de enormes murciélagos sobrevuelan la quietud de la selva casi ocultando el sol del amanecer, se cuelgan de copudos árboles y sus excrementos impregnan la tierra, las hojas y los frutos caídos.*

Al poco aparece una manada de cerdos salvajes que devoran esos frutos hociqueando entre los excrementos.

El sol está ya muy alto cuando suena un disparo y un cerdo cae abatido en un claro en la selva. De inmediato de entre la espesura surge un nativo que se lo carga a la espalda pese a que chorrea sangre.

Clavado en un hierro y girando sobre sí mismo, el cerdo se va asando lentamente mientras en torno a la hoguera ocho o diez miembros de la familia del cazador aguardan impacientes y no tardan en repartirse la abundante y apetitosa cena.

Ya de día y en la hoguera tan solo quedan cenizas mientras dos perros roen lo poco que ha quedado en los huesos.

De la mayor de las cabañas surge un niño que de improviso se detiene, se apoya en un árbol y comienza a vomitar.

SEC 2. *Visto desde lo alto de los acantilados y fondeado en una tranquila cala de rocas se distingue un yate en cuya cubierta aparecen dos cadáve-*

res, mientras en el agua flota otro mecido por diminutas olas.

Una barca de pesca hace su aparición doblando el cabo, se aproxima y sus tres ocupantes observan la escena sin decidirse a desembarcar.

Les inquieta ver el aspecto de los cadáveres y comentan que más vale mantener la distancia porque, sin duda, se trata de un mal contagioso.

Advierten que en la arena se distingue una lancha neumática con el nombre del yate, y que desde ella parten huellas humanas que se alejan rumbo al acantilado.

Por medio de la radio se ponen en contacto con las autoridades portuarias comunicándoles su macabro hallazgo.

SEC 3. Bay&De es una gigantesca empresa farmacéutica cuya central se encuentra en cualquier gran capital del mundo. En un lujoso despacho, su presidenta y mayor accionista —hija del anterior presidente y mayor accionista, Herta— planifica con tres de sus ejecutivos la estrategia a seguir con el fin de obtener el mayor provecho posible del pánico que está desencadenando la epidemia de ébola.

A su modo de ver, lo primero que se debía hacer —al igual que hizo su padre con «el mal de las vacas locas», «la gripe aviar» o cualquier otra epide-

mia, real o ficticia— era «inflar» la noticia, exagerando el número de afectados con el fin de obligar a los gobiernos a invertir en investigación subvencionando a «laboratorios especializados».

El siguiente paso era convertirse en los primeros en desarrollar la fórmula y obtener la patente del fármaco que ponga fin al problema, puesto que conseguirían ganancias realmente astronómicas.

Hasta el presente nadie había obtenido resultados aceptables, pero Herta había recibido información confidencial por parte de su representante en Liberia sobre los avances realizados en un hospital en el que se estaban consiguiendo curaciones a base de trabajar con los murciélagos locales que al parecer constituyen el origen del mal.

Deciden enviar a Liberia uno de los altos ejecutivos presentes —Duncan— con el fin de que investigue e intente hacerse con la fórmula.

SEC 4. El mar se agita con fuerza y sopla mucho viento mientras una lancha de policía y otra de sanidad aparecen abarloadas a la barca de pesca, en el centro de la pequeña ensenada que no tiene carretera de acceso por tierra.

Sin aproximarse en exceso, sus ocupantes observan el estado en que se encuentran los cadáveres, y tanto los policías como los médicos se muestran de *acuerdo en que presentan todos los síntomas de haber muerto a causa de una epidemia, por lo que significaría una temeridad aproximarse sin trajes de protección que sería casi imposible utilizar con garantías de seguridad a bordo de una nave y con un temporal que va en aumento.*

Deciden incinerar allí mismo los cadáveres con el fin de preocuparse de lo que en verdad importa; encontrar a los posibles contagiados que se han internado en una isla que vive principalmente del turismo.

La isla, toda la isla, corre grave peligro y se enfrentan a problemas de índole sanitario, político, social y económico porque, si la noticia trasciende, los turistas comenzarán a huir de un lugar que puede acabar por convertirse en una gigantesca fosa común o un inmenso lazareto.

Se detuvo, encendió uno de sus malolientes habanos y se vio obligado a admitir que constituía un buen principio dado que el ébola estaba aterrorizando a la humanidad y aquella forma de plantear una epidemia resultaba original abriendo un amplio abanico de posibilidades de cara al futuro.

Y resultaba especialmente interesante sacar a la luz el sórdido mundo de unos laboratorios farmacéuticos que jugaban con la salud de millones de seres humanos, haciéndolo a través del personaje de «Herta», que probablemente intentaba reflejar la auténtica personalidad de la multimillonaria luxemburguesa Berta Muller, una de las arpías más ambiciosas y siniestras del panorama económico mundial.

SEC 5. *A bordo de un todoterreno, Duncan, acompañado por el delegado de los laboratorios en Liberia —Jens— y dos nativos fuertemente armados, se adentran en la región selvática y consiguen llegar a un cochambroso edificio que se utilizó en otro tiempo como aserradero, pero que ha sido acondicionado a modo de rústico hospital.*

Lo primero que les llama la atención es la gran cantidad de jaulas repletas de ruidosos murciélagos que se alzan a unos cien metros de distancia y no lejos de las cuales se distinguen las cruces de dos tumbas.

Al otro extremo, y a la sombra de unos árboles, media docena de escuálidos convalecientes parecen estar intentando recuperar fuerzas.

Un guardián les impide traspasar el muro de seguridad y quien sale a recibirles es una vieja misionera de aspecto frágil —Sor Teresa— quien les indica con muy malas formas que más les vale dar media vuelta a no ser que traigan víveres, ropas y medicinas.

Duncan y Jens intentan sonsacarle sobre el nú-

mero de enfermos que han salvado, pero la malhumorada monja les responde que no los manda al infierno porque ya están en él, pero deben largarse cuanto antes.

SEC 6. *Duncan y Jens se abren paso por la selva por la parte posterior del «Hospital», saltan el muro y se aproximan sigilosamente con el fin de atisba por la ventana.*

Lo que ven les deja helados: enfermos derrengados en los camastros, gente que gime y llora, vómitos por doquier y tres monjas protegidas por raídas batas y pequeñas mascarillas que se afanan por atender a los pacientes.

Al fondo se encuentra una puerta en la que puede leerse «Laboratorio» y que al abrirse permite distinguir cadáveres de murciélagos colgados que chorrean sangre mientras Sor Teresa y otra monja los diseccionan.

Duncan y Jens consideran que resulta estúpido arriesgarse a infectarse de una enfermedad mortal por conseguir el remedio. Resulta más práctico recurrir a una norma básica de la empresa:

«Nunca robes lo que Herta pueda comprar. Pero si Herta no lo puede comprar, róbalo.»

II

Le molestó que sonara el teléfono, pero le alarmó el angustiado tono de Gloria cuya voz parecía surgir de los mismísimos avernos.

—He vuelto a casa de Simon y alguien la ha estado registrando.

—¡No es posible!

—Han tenido mucho cuidado, pero ya sabes cómo era de meticuloso —fue la alterada respuesta—. Jamás podía tocarle nada sin que lo averiguara, y tras la muerte de Alicia se volvió aún más maniático. Han estado allí, no me cabe duda.

—Mark llega mañana y tenemos asuntos importantes que tratar, pero el sábado iré para allá.

—¡No! —fue la firme respuesta—. ¡De ninguna manera! No conseguirías resucitar a Simon, y cuanto más te impliques en esto, peor.

Apagó el puro, se mordió los labios y al fin casi sollozó:

—¡Pero no podemos permitir que su muerte quede impune! ¡No es justo!

—Miles de muertes injustas quedan impunes a diario, cielo, y aparte de tres viejas que chochean no te tengo más que a ti. ¡Esta historia se acabó! Voy a cambiar la cerradura, o sea que no podrás entrar, y venderé la casa.

—No puedes hacerme eso... —protestó.

—Puedo y debo.

Colgó.

Se quedó muy quieto buceando en el vacío que se había apoderado de su cuerpo como si bajo la piel no tuviera ya músculos y huesos, sino tan solo una oscura cavidad sin el menor atisbo de luz.

En cierta ocasión había leído que aquella era la sensación que experimentaban quienes perdían a un hijo; el derrumbe total de un edificio del que tan solo permanecía en pie la fachada; la nada dentro de algo que únicamente servía para acentuar que todo se había perdido.

Había aceptado con resignación la muerte de sus padres, ya que por fortuna había ocurrido en el momento justo y sin traumatismo, tal como debe ser la vida para quienes nacen sabiendo que todo tiene un final y se van en paz sabiendo que han dejado huella de su paso por este mundo.

Pero a Simon, al inimitable Simon junto al que se

masturbó por primera vez, asombrándose al unísono por las fabulosas bondades de semejante práctica, le habían echado a destiempo y de mala manera de un sendero al que aún le faltaba mucho por recorrer.

Y ni siquiera le dieron tiempo a plantar su semilla. Volvió a estudiar el sobre y por enésima vez se preguntó qué había pretendido decirle al enviárselo.

SEC 7. Duncan y Jens a bordo de tres camiones cargados de toda clase de víveres, ropas, medicamentos e instrumental médico se detienen ante el improvisado hospital y aguardan a que una cada vez más agotada Sor Teresa salga a recibirles.

El número de convalecientes bajo los árboles ha aumentado, y ante la vista de tan fabuloso e inesperado regalo, la vieja gruñona se muestra algo más locuaz, admitiendo que últimamente no han tenido que enterrar a nadie y «su mejunje» da resultados, aunque aún es pronto para cantar victoria.

Los otros insinúan que si colaborara con su empresa obtendría tantos beneficios que podría modernizar todos los hospitales del país, pero la misionera se muestra renuente. No quiere precipitarse porque aún necesitan diseccionar muchos murciélagos.

Duncan cree encontrarse en el buen camino, por lo que telefonea a Herta que se encuentra navegan-

do a bordo de su lujoso yate y que les exige resultados inmediatos «a cualquier precio».

SEC 8. Duncan y Jens se presentan de nuevo ante el «Hospital», pero en esta ocasión vienen precedidos por dos enormes bulldozers *capaces de arrasarlo todo a su paso.*

Cuando Sor Teresa sale a su encuentro exhiben un documento que demuestra que han comprado el viejo aserradero y vienen a derribarlo, ya que además cuentan con el consentimiento del ministro de Sanidad que lo considera un peligroso foco de infección.

La desesperada anciana se vuelve hacia los conductores de las máquinas como pidiendo clemencia, pero estos hacen un claro gesto de impotencia.

Duncan y Jens le muestran entonces dos grandes bolsas de deporte repletas de fajos de billetes. Su propuesta es clara: le entregarán ese dinero y le permitirán quedarse en el aserradero si les proporciona la fórmula de su fármaco y les cede la exclusiva de la patente.

Sor Teresa alega que se trata de un miserable chantaje que no tiene en cuenta la vida de docenas de inocentes, parece a punto de arañarles, pero al fin se calma y decide que tiene que consultarlo con sus «hermanas».

SEC 9. Los motores rugen a toda potencia, las palas mecánicas comienzan a moverse y las gigantescas máquinas se estremecen como bestias ansiosas de lanzarse sobre una indefensa presa.

El ya impaciente Duncan hace un gesto hacia la jaula de murciélagos y un bulldozer *se dirige directamente hacia ella, la derriba y los animales que no han sido aplastados salen volando o arrastrándose.*

Sor Teresa grita suplicando calma y al poco aparece portando una vieja maleta. En ella se encuentran las notas y fórmulas que le exigen, así como hígados de murciélago diseccionados y desecados.

Está dispuesta a llegar a un acuerdo a condición de que el diez por ciento de los beneficios que se consigan por la venta del fármaco se destinen a hospitales de su comunidad religiosa.

Duncan y Jens consultan una vez más con Herta que continúa navegando y que reduce la oferta a un cinco por ciento.

SEC 10. Una larga fila de nativos aguarda pacientemente su turno.

Poco a poco van llegando a una mesa tras la que Sor Teresa y sus «hermanas en la caridad» les van haciendo entrega de fajos de billetes al tiempo que les felicitan por lo bien que han interpretado sus pa-

peles de enfermos, convalecientes, guardianes e in-
cluso moribundos.

Todos parecen más que satisfechos con las canti-
dades recibidas, y al fin Sor Teresa aparta un grue-
so paquete que coloca ante Jens mientras comenta:
«Esto es tuyo, sobrino. Te lo has ganado.»

Su sobrino señala que le vendrá muy bien visto
que se va a quedar sin trabajo, pero que en realidad
no lo ha hecho por el dinero, sino por dar una lección
a las avariciosas empresas farmacéuticas y sobre
todo a Herta, que siempre ha demostrado ser una
hiena sin entrañas.

SEC 11. El yate de Herta se encuentra atracado
en un lujoso puerto deportivo, su propietaria toma
el sol en cubierta en compañía de un mozo conside-
rablemente más joven, suena el teléfono y, mientras
escucha lo que le dicen, su rostro se transforma del
asombro a la incredulidad y al fin a la ira.

Aúlla exigiendo que busquen, capturen y casti-
guen con la máxima dureza a los desalmados esta-
fadores que han osado robarle «su» dinero.

A continuación le grita al capitán que se prepa-
re para partir.

El abochornado capitán responde que resulta
imposible; acaban de comunicarle que la isla ha sido

puesta en cuarentena y nadie puede entrar o salir
por riesgo de epidemia de ébola.

Herta aprieta los puños de impotencia y lanza
un histérico alarido.

—¡Me encanta!

—¿En serio?

—¡Naturalmente! No sé cómo continuará ni para
cuántos capítulos dará, pero la sola idea de estafar a
quienes se pasan la vida estafando, me parece genial.
¿Has pensado en quién haría de Sor Teresa?

—Irene Papas.

—Debe de andar por los noventa.

—Lo sé y he pedido que me informen de cómo se
encuentra; si puede aguantar tres semanas de rodaje la
contratamos porque trabajé con ella un par de veces
y es encantadora.

—¿Y el papel de Herta?

—Eso es otro cantar y debemos andarnos con cuidado, porque si la cosa llega a oídos de Berta Muller
nos hundirá el proyecto e incluso intentará que nos
corten los huevos. Sus auténticos diálogos no figura-
rán en el guion que se le proporcionará al resto del
equipo; tan solo los conoceremos nosotros por lo que
tenemos que contratar a alguien que acepte no recibir-
los hasta el último día.

—Veo difícil que una actriz importante lo acepte.

—La encontraremos porque lo único que tiene que hacer es de mala, malísima, y lo que diga al final no importa; tan solo responderá a la realidad de quién es Berta Muller.

Mark se mostraba exultante. También era un hombre de pantalla grande que se había visto obligado a pasarse a la pequeña, pero conservaba el entusiasmo de quienes confiaban en los buenos actores y las buenas historias.

Y tenían algo más en común: ambos habían sido amigos de Giovanni y ambos le echaban de menos.

Recordaba una noche en el mejor restaurante de Cannes en la que el italiano comentó que no les acompañaría a la sesión de gala del festival, puesto que en cuanto acabara de cenar se iba de putas.

Mark había señalado que no entendía que alguien que producía películas en las que intervenían las mujeres más bellas del mundo se fuera de putas, y la respuesta fue digna de inscribirse con letras de oro en el libro de oro de la historia del cine:

—Nunca me lío con las actrices porque luego te piden primeros planos y más diálogos. Han fracasado más películas por culpa de un buen coño que de un mal director.

Normalmente, se quedaban embobados cuando hablaba de los viejos tiempos en los que había trabajado con De Sica, Fellini, Bertolucci o Visconti.

—Con Vittorio, Bernardo o Federico nunca tuve problemas... —aseguraba—. Pero Luchino me ponía histérico. Era exigente en cada detalle y se mostraba absolutamente impasible ante mis alaridos, mis llantos o mis súplicas, incapaz de rodar una sola escena en la que no estuviera todo exactamente como lo había concebido. Cada noche me iba a la cama odiándome por haber caído una vez más en manos de aquel maniático de la perfección, y cada mañana tenía que morderme los puños a la hora de entrar en el plató. Mil veces juré estrangularle lentamente, regodeándome con la idea de verle agonizar en primer plano, pero cuando al cabo de unos meses de lo que se me antojaba una angustiosa eternidad me sentaba a contemplar tan prodigiosas obras de arte, se lo perdonaba todo, aun a sabiendas que aquellos disgustos me acortarían la vida.

Fueron a verle cuando ya el cáncer le estaba devorando, almorzaron en su restaurante predilecto y les despidió con un beso, rogándoles que intentaran hacer algún día una película que estuviera a la altura de *El último emperador*, *La dolce vita* o *El Gatopardo*.

Desapareció en silencio a la par que desaparecían los auténticos genios del cine italiano y tanto Mark como él se sintieron en cierto modo huérfanos.

—¡Por Giovanni!

—¡Por Giovanni!

—Tengo un problema.

—¡Beato tú que solo tienes uno! A mí se me acumulan.

—Es que este es enorme.

Le contó la extraña historia del sobre y la colilla para acabar pidiéndole consejo.

—¡Olvídalo...! —fue la firme e inmediata respuesta—. Los actores pueden morirse cuantas veces quieran, puesto que a la semana siguiente empiezan otra película, pero tú siempre has estado a este lado de la cámara, o sea que no vas a resucitar. Espera al menos hasta acabar la serie.

—¡Si serás hijo de puta...!

—Gajes del oficio, querido. ¿Y qué quieres que te diga? Cuando arrecia el temporal lo mejor es arriar las velas, ponerse al pairo y esperar a que amaine. Únicamente cuando el horizonte esté despejado avistarás una isla, aunque en este caso supongo que tan solo se tratará de un espejismo.

—Pero es que mi mejor amigo ha muerto...

—Los buenos amigos son aquellos que se mueren antes que tú; los otros tan solo son unos jodidos egoístas que incluso aspiran a acostarse con tu viuda.

—Soy soltero.

—Una de tus grandes virtudes, aunque hay otra de la que te he oído hablar y no tengo muy clara... ¿Es cierto que nunca te lías con una casada? —Ante el mudo gesto de asentimiento, el desconcertado inglés añadió—: ¿Por qué?

—Porque si la quieres, el verdadero cornudo siempre serás tú, ya que te quedas en casa mientras ella está en la cama con otro, que probablemente no se conforma con ver la tele. Se la está follando mientras eres tú quien ve la tele.

—En eso puede que tengas razón.

—La tengo. Y si no la quieres, ¿qué sacas destruyendo su hogar, y quizá poniendo en peligro el futuro de unos niños que no tienen la culpa? —Alzó las manos con las palmas hacia arriba como si pretendiera captar la inmensidad del universo al concluir—: Habiendo tanta soltera necesitada no vale la pena hacerse el macho por el simple placer de saber que engañas a alguien que ni siquiera se entera.

—Loable teoría.

—No es una teoría; es una norma de comportamiento: «Basta con no poner unos cuernos que no querrías que te pusieran.»

—Es una teoría muy vieja aunque con otras palabras.

—No todo lo viejo es malo.

—Pero hay mucho viejo que sí es malo. Mi padre, sin ir más lejos. No es que sea viejo y malo; es que es viejo e increíblemente desalmado.

Roman tardó en hablar debido a que se encontraba

incómodo y en cierto modo perplejo por las palabras y el tono de voz de alguien a quien creía conocer, y del que nunca hubiera esperado semejante afirmación.

Le constaba, por pasadas charlas y pequeños detalles, que siempre había mantenido una difícil relación con su padre, probablemente uno de los hombres más ricos e influyentes de Inglaterra, pero resultaba chocante y sobre todo «poco británico», que lo mencionara de una manera tan cruda y sin venir al caso.

—¿Sorprendido...? —inquirió el otro mientras le rellenaba la copa.

—Mucho... —se vio obligado a admitir—. Te conozco hace años y me consta que tu padre es un tema que siempre evitas. ¿A qué viene tan brusco cambio de actitud?

—Quizás a que al contarme esa curiosa historia de la colilla me has demostrado que confías en mí, o quizá, más bien, a que últimamente estoy tan reconcomido por la ira que necesito desahogarme.

—Si puedo servirte de ayuda, para eso están los amigos... ¿Qué ha ocurrido ahora?

—El otro día, cuando el mundo entero se echó a la calle a protestar por la barbarie de los atentados islamistas, se limitó a comentar: «La mayoría de cuantos asisten a esas manifestaciones se cruzan de acera cuando ven a un musulmán porque temen que los degüelle. Y eso es bueno, porque hará que la gente quiera volver a los tiempos en los que disponían de armas con las que defenderse. Nosotros se las proporcionaremos.»

—No puedo creerlo...

—Pues créetelo porque estoy repitiendo sus palabras. ¿Sabías que los ingleses tenemos derecho a portar armas?

—Ni la menor idea.

—Pues en cierto modo lo tenemos, porque el rey Enrique II dictó una ley según la cual todos los hombres libres tenían «no solo el derecho, sino la obligación» de poseer armas con las que defenderse y defender a la Corona. Luego, en 1690, se limitó el derecho a tenerlas únicamente para la defensa personal, aunque con el tiempo se impusieron tantas restricciones que hoy en día esa ley se considera prácticamente abolida. No obstante, el maldito viejo ha contratado a un equipo de abogados con el fin de que, «dadas las especiales circunstancias», busquen la mejor forma de recuperar las antiguas normas de comportamiento.

—Tenía entendido que las mayores inversiones de tu familia se centraban en barcos de guerra, cañones y tanques...

—Así ha sido desde hace casi dos siglos, aunque ahora mi padre ha empezado a desinvertir en armamento pesado porque el mercado de cañones ha bajado un dieciocho por ciento, y el de tanques, un catorce. Ahora está invirtiendo en pistolas, fusiles y metralletas. Lógicamente la ganancia por pieza es menor, pero considera que con el aumento del terrorismo extremista el número de clientes se disparará al infinito...

—¿Acaso pretende imponer una ley de armas equiparable a la norteamericana? ¿Una especie de «Segunda Enmienda a la Constitución» propiciada por una «Asociación Europea del Rifle»?

—Más o menos, porque esos millones de personas gritando «libertad», le hicieron comprender que no se sienten libres, sino prisioneros de un vecino que tal vez sea un terrorista al que nadie ha conseguido neutralizar. Afirma que pronto o tarde los países amenazados por los integristas acabarán aceptando que sus ciudadanos se defiendan por sí mismos, porque aquellos a los que eligieron para protegerles no saben cómo hacerlo y además emplean el dinero de los impuestos en financiar bancos que, en cuanto pueden, los desahucian.

—Sabes que te aprecio, pero tu padre se me antoja un malnacido.

—Es un «malconcebido», que viene a ser lo mismo. Viaja en coche blindado y sus casas se encuentran protegidas por toda clase de alarmas, pero sabe que millones de personas viajan en autobús y viven en apartamentos sin más defensa que un cuchillo de cocina... ¿Qué le pedirías a Papá Noel si fueras uno de ellos?

—Una buena pistola o un buen rifle.

—Eso quiere decir que llegarán tiempos de abundancia para cuantos son como él, porque además en el negocio de las armas no existen enemigos. Las naciones, las razas, las religiones, los gobernantes y hasta el último gato pueden tener enemigos, pero ellos no; ellos tienen «competidores», que es algo muy diferente, ya que cada competidor es a la vez su aliado.

Roman Askildsen alzó las manos formando con ellas una imaginaria «T» en un gesto deportivo que significaba petición de «tiempo muerto» o un breve receso.

—¡Un momento que me estás liando...! —suplicó—. ¿Cómo diablos puede convertirse un competidor en aliado?

—Mejorando día a día su producto —fue la desconcertante respuesta—. Si un competidor fabrica un obús capaz de destruir los tanques que fabrica mi padre, sus clientes le pagan para que fabrique un nuevo tanque capaz de resistir esos obuses, y luego le pagan a otro para que fabrique un nuevo obús aún más potente. Esa es una escalada que comenzó cuando alguien se agenció una espada y su rival una lanza. Gracias a que todos quieren tener armas mejores, los que las fabrican se las proporcionan para que se maten a gusto mientras se mantienen al margen respetando a sus competidores.

—¿Insinúas que están asociados? ¿Que constituyen un «Sindicato Mundial de Armas»?

—¡En absoluto! Cada cual intenta quitarle los clientes a sus rivales y para ello valen todos los trucos, desde la corrupción hasta la bajada de precios e incluso el espionaje industrial... Todos menos uno: el sabotaje. Durante una guerra los contendientes tienen derecho a sabotear las fábricas de armas de su enemigo, pero ellos no se sabotean los unos a los otros porque acabarían destruyéndose. Es una especie de «entente» que siempre respetan y les permite sobrevivir a todas las contiendas.

III

Se concentró en el trabajo agradeciéndole que le permitiera olvidarse de cuanto no fuera elegir actores, técnicos y sobre todo localizaciones, teniendo en cuenta que gran parte de África se encontraba bajo la amenaza de una epidemia de ébola, y la otra bajo el terror de los ataques islamistas.

No tardó en admitir que la mejor solución consistía en montar decorados en cualquier punto del Caribe, preferentemente Colombia o la República Dominicana, y aunque Mark estuvo de acuerdo, ambos se mostraron de igual modo de acuerdo a la hora de reconocer que se enfrentaban a infinidad de problemas a los que no habían hecho frente con anterioridad.

El principal lo constituía carecer de experiencia en lo que se refería al planteamiento de una serie de la que ni siquiera habían decidido su duración, debido a que tal duración dependía de la aceptación o el rechazo de los primeros capítulos.

Estaban acostumbrados a producir películas que triunfaban o fracasaban, les hacían ganar dinero o constituían un fiasco, pero sobre todo se basaban en el principio básico de contratar a un determinado equipo por un determinado tiempo y concluida su tarea cada cual se marchaba a su casa.

Durante el rodaje nacía una especie de gran familia que lo compartía todo a todas horas, pero que con la filmación del último plano se desintegraba sin dejar más recuerdo que fugaces amoríos y divertidas anécdotas.

Era, sin duda, un apasionante oficio al que había dedicado de una forma u otra la mayor parte de su vida, y que le había llevado a conocer personas maravillosas y lugares increíbles.

Pero ahora era diferente y se sentía como un arquitecto acostumbrado a construir chalets al que de pronto le encargaran la tarea de levantar un gigantesco rascacielos del que ni siquiera le aclaraban cuántos pisos tendría.

Se arriesgaba a gastarse una fortuna en cimientos y que el presupuesto no alcanzara luego ni para las vigas del segundo piso.

Se levantaba lamentando haber aceptado meterse en semejante berenjenal, pero se acostaba felicitándose por haberlo hecho ya que ello le proporcionaba una magnífica disculpa a la hora de no dedicar su tiempo a tratar de averiguar qué demonios había pretendido decirle Simon a la hora de enviarle aquel indescifrable mensaje.

En un par de ocasiones había soñado con el sobre y la colilla que guardaba en un cajón del escritorio, y el hecho de despertar tan ignorante como se había acostado, dejaba muy claro que ni siquiera el subconsciente le ofrecía respuestas.

Si hubiera sido de los que se creían sus propias historias hubiera acudido a un hipnotizador o a un médium de los que aseguraban que se comunicaban con los espíritus, pero con tantas películas a la espalda sabía mejor que nadie que una cosa era la realidad y otra muy diferente la ficción.

Llegó, o más bien quiso llegar, a una dolorosa conclusión: el pobre Simon, que en realidad nunca había dejado de ser un cineasta al que las circunstancias habían condenado a fabricar zapatos, debió de sufrir algún tipo de alucinación por culpa de la brutal agresión, con lo que su mente, ya muy dañada, le invitó a escribir la primera escena de un caótico guion que jamás llegaría a concluirse.

Como «autoabsolución» resultaba tan válida como cualquier otra, y sabido es que cuando el ser humano se enfrenta a un problema que no se siente capaz de resolver opta por dejarlo a un lado.

Tenía un amigo psiquiatra y en más de una ocasión sintió la tentación de pedirle consejo, pero al fin decidió que si a menudo ni los mejores especialistas conseguían entrar en la mente de un paciente, menos podrían lograrlo teniendo en cuenta que ese paciente estaba muerto.

Corría el riesgo de lanzarse sobre una tela de araña en la que cada vez se sentiría más atrapado, hasta concluir cayendo en la absurda tentación de intentar resolver un misterio irresoluble.

Se sintió, por tanto, razonablemente aliviado y en paz consigo mismo hasta la mañana en que se encontraba absorto en el estudio de un abultado y fastidioso presupuesto y, de improviso, se abrió la puerta y le asombró que la persona que había tenido la osadía de entrar sin molestarse en llamar siguiera tan hermosa como cuando la conoció.

Y de eso debía hacer ya ocho años.

—¿Qué haces aquí...? —no pudo menos que exclamar desconcertado—. Te creía en Los Ángeles.

La recién llegada tomó asiento con su habitual desparpajo, cruzó las piernas permitiendo que admirara una vez más los espectaculares muslos que tan de cerca había contemplado miles de veces y le lanzó sobre la mesa una carpeta.

—Y allí estaba, pero he venido a que me des el papel de Herta. ¡Ahí está el contrato! Yo ya he firmado.

—¿Te has vuelto loca?

—Sabes que no puedo volverme loca porque siempre lo he estado. Firma, me acompañas al hotel y lo celebramos con un revolcón como los de los viejos tiempos.

La observó incrédulo; era la misma Sandra Castelmare, disparatada, apasionada, divertida y provocadora, con la que había disfrutado de algunos de los momentos más inolvidables de su vida.

—No puedo, cariño; tan solo soy uno de los coproductores. Y minoritario.

—Tienes derecho a opinar.

—Una cosa es opinar y otra contratar. Es Mark quien decide.

—Aceptará porque sabe que soy una magnífica actriz, el papel me va como anillo al dedo y ni siquiera hubiera soñado, en plena borrachera, que aceptara trabajar por ese precio.

No pudo evitar echarle un vistazo al contrato reparando en la cláusula económica, por lo que no le quedó más remedio que darle la razón.

—¿Tan mal te van las cosas...?

—¡En absoluto! Dentro de un mes empiezo a rodar *Lo que el viento nos dejó*, y tengo un «novio» al que le salen los billetes por las orejas, pero me encanta hacer de mal bicho y los dos sabemos que en comparación con esa tal Berta Muller el monstruo de *Alien* era un niño de teta... —Se bajó el escote dejando sus rotundos pechos al aire al añadir—: Me las acabo de operar. ¿A que han quedado preciosas?

—Mucho, ¿pero qué tiene que ver Berta Muller con todo esto?

—¡Oh, vamos cielo! Mi añorada «Lengua de camaleón» siempre dispuesto a dispararla como si fuera un dardo y en el momento justo. En nuestra pequeña familia del celuloide, aunque por desgracia ya nada se rueda en celuloide, todo se sabe, y ha llegado a mis lindas orejas, en las que recuerdo que también te gustaba meter la lengua, que en la serie que estáis preparando aparece la dueña de unos laboratorios farmacéuticos, llamada curiosamente Herta, que se merienda a los niños empapándolos en chocolate.

—¡Eres increíble!

—¿A que sí...? Firma y no perdamos el tiempo; me han dado una *suite* con una cama enorme.

—Te repito que no puedo.

—Y yo te repito que sí puedes, y que acabarás firmando porque no te quedará otro remedio.

—¿Me estás amenazando?

—¡No, por Dios! Eso nunca, pero ya que te pones pesado, y recordando que lo eras mucho porque no paraste hasta llevarme al catre, lo cual, dicho sea de paso, siempre te agradeceré, te contaré la verdad. —Lanzó un hondo suspiro como si se estuviera quitando un gran peso de encima antes de añadir—: El otro día vino a verme John Kramer, que como sabes es «El Gran Caimán» de la industria y al que no puedes negarle nada porque si te señala con el dedo no te queda más posibilidad que hacer el papel de Julia Roberts en *Pretty Woman*, pero solo en la primera parte; aquella en que se dedica a patear las calles de Los Ángeles; es decir, meterte a puta.

—Ya lo había entendido, pero cuando empiezas a hablar de esa forma me pones de los nervios. ¿Qué coño quería El Gran Caimán...?

—¿Además del mío...? Me pidió, en realidad me «exigió», que viniera, me hiciera la encontradiza, me metiera en tu cama y consiguiera, «fuera como fuese», que me dieras el papel de Herta.

—¡No puedo creerlo!

—Pues créetelo porque no eres como Giovanni que jamás mezclaba el sexo con el trabajo. Ahora que lo menciono, ¿no fue él quien nos presentó?

—Lo fue.

—¡Qué personaje! Se sabía los nombres de todos los actores, productores, directores, músicos e incluso decoradores de cientos de películas. Recuerdo una vez, cuando estábamos rodando...

—¡Acaba de una puñetera vez...! —explotó a punto de tirarle el contrato a la cabeza—. No te callas ni bajo el agua... ¿Qué pasó?

—Ya te lo he dicho; Kramer me ha contratado para que me contrates. Alguien, y ese «alguien» debe ser Berta Muller, quiere saber cuánto se supone que se hace y se dice sobre ella en vuestra serie. Y por lo visto los guiones son «alto secreto».

—¿O sea que te han enviado a espiarme?

—¿No es fabuloso? —exclamó ella visiblemente encantada—. Yo, Sandra Castelmare, volviendo a hacer de espía, pero esta vez de verdad. ¡Y mira que aquel papel me salió bordado! Entraba en el salón con un vestido blanco y el escote hasta el ombligo y decía... —Dudó unos instantes—. ¡Mierda! Ya no recuerdo lo que decía...

—«Hay un muerto en el jardín —le apuntó—. No sé cómo se llama, pero es muy bajito.»

—¡Exacto! Y Marcelo me respondía: «Debe ser Takeo Fusinosequé. Venía a matarte.» —Alzó las manos al cielo en ademán muy propio de sus paisanos al exclamar como en trance—: ¡Santa Madonna! ¡Cómo nos reímos durante aquel rodaje!

—Quien te va a matar soy yo como no me aclares a qué viene todo esto.

—¡Que insistencia! Soy una infiltrada. ¡Tu peor enemigo! Y recuerda el consejo que le daba El Padrino a su hijo: «Ten a tus amigos cerca, pero más cerca a tus enemigos.»

—¿Y lo dices así...? ¿Con ese descaro?

—¿Y qué querías que hiciese...? ¿Mentirte? Si el imbécil de John Kramer imagina que puede «exigirle» a una siciliana que traicione a un amigo se ha topado con un preservativo agujereado. O sea que firma ese contrato y calla.

—Te estás jugando mucho.

—Y tú te lo estás jugando todo al atacar a la intocable industria farmacéutica. Mark puede permitírselo, puesto que es rico de nacimiento, pero yo sé muy bien que lo que tienes te lo has ganado a base de emborronar miles de páginas y dejarte la piel de los codos en la mesa. ¿Habéis hecho alguna preventa?

—Aún es pronto.

—A la hora de ganar dinero nunca es demasiado pronto, querido. Yo empecé a los dieciséis años. Y ten presente que si las empresas farmacéuticas, que se gastan millones en publicidad, presionan lo suficiente, ninguna cadena de televisión comprará esa serie. Así es este negocio.

—Lo sé, pero no por ello nos vamos a censurar nosotros mismos atendiendo a intereses de cada grupo económico. Los tiempos de las listas negras y la caza de brujas ya pasaron.

La experimentada Sandra Castelmare, que había rodado medio centenar de películas y había mantenido relaciones de amor, odio, negocios, desprecio o amistad con medio millar de miembros de la industria, extendió una mano con el fin de acariciar, como si se tratara de un niño, la de quien se encontraba al otro lado de la mesa.

—Los tiempos de censura y corrupción son como la gripe, cielo; siempre vuelven. Unas veces matan a la gente y otras se limitan a dejarla hecha unos zorros, pero nunca desaparecen definitivamente. —Se puso en pie y se estiró la falda como dando por concluida la conversación mientras golpeaba reiteradamente la carpeta y le apremiaba—: Me espera un coche, el viaje ha sido largo y empiezo a estar cansada. Dejaremos lo del revolcón para otro momento, porque mañana tengo que regresar a Los Ángeles. Operan a mi novio.

—¿De qué?

—Cáncer de colon. Y me temo que la cosa es grave.

—Lo siento.

—Y yo. Nos llevamos muy bien y es una gran persona.

En cuanto la vio salir por la puerta marcó un número y al escuchar la voz de Mark le espetó sin más preámbulos.

—He contratado a Sandra.

—¿A «tu Sandra»?

—La misma.

—¡Maldito bastardo...! ¿Ya no recuerdas lo que nos enseñó Giovanni?

—No se trata de eso, y la he conseguido por la mitad de lo que teníamos presupuestado para el papel de Herta. Ha sido una ganga.

—Para ti Sandra siempre ha sido una ganga. Admito que es un buen fichaje, pero al menos podrías habérmelo consultado.

—Ya la conoces; colocó las tetas sobre la mesa, dijo «Firma» y firmé. Te lo contaré con detalle en cuanto nos veamos.

Tras cortar la comunicación dedicó unos minutos a repasar los términos del acuerdo y no pudo por menos que plantearse que en los últimos tiempos le estaban ocurriendo cosas poco habituales.

Que una estrella de cine en la plenitud de su carrera decidiera jugarse su futuro por lealtad a un antiguo amante o por el simple orgullo, muy siciliano, de no dejarse mangonear por un inescrupuloso prepotente, no era cosa que ocurriera todos los días, y recordaba con cierta aprensión los malos ratos que pasó durante los tres interminables días de su estancia en Sicilia, cuando ella se empeñó en presentarle a su familia.

De Castelmare del Golfo eran originarios mafiosos antaño tan conocidos como Salvatore Maranzano, Michael Monte o Joseph Bonano, y aún se recordaba con horror la espeluznante Guerra Castellmarense que cubrió de cadáveres tanto las calles de Nueva York como las de la isla.

La familia de Sandra, humildes pescadores a los que

había sacado de la miseria comprándoles una enorme casa y un barco nuevo, no parecían tener la más mínima relación con la mafia, pero le miraban con la cabeza baja y de soslayo como si estuvieran meditando en la necesidad de lavar el honor familiar con la sangre de un remilgado señoritingo que no parecía tener la menor intención de pasar por la vicaría y hacer de Sandra «una mujer decente».

Sobre la chimenea del padre colgaba una herrumbrosa escopeta de dos cañones; una de aquellas famosas luparas sicilianas con las que solían discutir sus problemas los diferentes clanes locales, y no hubo ni un solo minuto en el que no estuviera temiendo que se la descargaran en las tripas.

No le mataron, pero lo que sí hicieron fue atiborrarle de pasta muy picante y pescado fresco, regado con tanto vino «de las viñas del tío Aldo» que cuando caía en la cama se quedaba como muerto.

Si lo que pretendían era que durante sus días de estancia en Castelmare no le pusiera la mano encima a Sandra, lo consiguieron.

A su regreso hizo escala en Roma y cenó con Giovanni que le estudió de arriba abajo y se limitó a comentar:

—Este país se ha ido a la mierda; ya nuestra «Gran reserva espiritual», Sicilia, no es lo que era.

—¿Esperabas que me mataran?

—¡Es lo menos...! Sandra hubiera quedado libre, y como ya no trabajamos juntos habría tenido la oportunidad de acostarme con ella... ¡Y a propósito! Me han dicho que has contratado a una chica griega; una tal Ana que en las fotos siempre procura salir con el coño muy abultado, como invitando a que se lo coman. A esa ni te acerques porque quien se lo come es Andreotti.

—¿El político democristiano...?

—Es más político y «demo» que cristiano, así que adviértele a tu equipo que se ande con ojo porque cuanto más pequeño, viejo, feo y «meapilas», más celoso. Sus matones siempre la tienen vigilada.

IV

Gloria había conseguido vender la casa de Simon, pero el nuevo propietario se encontraba nervioso e indignado porque al rehacer la instalación eléctrica habían descubierto varias cámaras ocultas en los lugares más insospechados, incluido el baño principal.

Lógicamente a nadie le apetecía pagar por una vivienda en la que le estaban observando incluso en sus momentos más íntimos, por lo que Gloria se había visto obligada a devolver parte del dinero con el fin de que limpiaran la casa de «mirones».

Al conocer la noticia y pasado el primer momento de sorpresa, incredulidad y casi terror, Roman Askildsen se decidió a preguntar:

—¿Cuánto tiempo llevaban ahí las cámaras?

—No más de cinco meses porque por lo visto son

de esas que llaman «de última generación» pese a que cada «última generación» deja de serlo antes de un año. Esos trastos son como los conejos: se convierten en padres incluso antes de haber tenido tiempo de ser hijos. ¿Adónde vamos a llegar con tanta puñetera tecnología...?

—A donde hemos llegado, pequeña; a estar continuamente vigilados. Y a ti te entusiasmaban todos esos aparatitos.

—Ya no. Y como sigo sin tener ni idea de en qué podía estar metido Simon, he mandado revisar mi casa para no tener que escuchar algún día el ruido de mis propios pedos.

—¿Cómo están las viejas?

—Como siempre han estado las viejas; asustadas... Y esta vez con razón.

Resultaba comprensible porque una cosa significaba cobrar por participar en un vergonzoso programa televisivo junto a la peor escoria de la clase media más rastrera, y otra aceptar que te estuvieran observando a todas horas y sin conocer las causas.

El espinoso tema del sobre y la colilla empezaba a ser como aquella mitológica Ave Fénix que al parecer tenía la inveterada costumbre de renacer de sus cenizas.

Aquel maldito pajarraco debía de tener mucha suerte porque si alguna vez hubiera llovido, las cenizas se hubieran diluido y, probablemente, habría renacido con el aspecto de un pato.

Cuando Gloria colgó, no sin antes recomendarle reiteradamente que se anduviera con cuidado, se quedó muy quieto contemplándose los calcetines debido a que cuando se encontraba solo solía colocar los pies sobre la mesa, lo cual tenía la virtud de relajarle y permitirle pensar con claridad.

Lo que no podía negarse a sí mismo por mucho que intentara desmarcarse del tema, era que si alguien había perdido tiempo y dinero en montar un complejo dispositivo con el que mantener a Simon bajo continua vigilancia, debía ser porque suponía que Simon sabía o estaba a punto de saber algo que no quería que supiese.

Sobre qué, era, sin duda, la primera pregunta que se le venía a la mente.

Se esforzó largo rato intentando recordar si existía algún político, banquero o empresario que fumara en exceso o se dejara fotografiar a menudo con un cigarrillo, pero no le vino ninguno a la mente.

El indiscutible icono de los fumadores, Humphrey Bogart, hacía ya más de medio siglo que había muerto a causa de un cáncer de pulmón, pese a lo cual se planteó la posibilidad de repasar sus películas buscando algún detalle que pudiera darle una idea sobre lo que había pretendido decir Simon.

Sus primeros trabajos juntos se encontraban a menudo muy influenciados por el cine negro americano o francés, tenebrosas historias en las que reinaban actores de la talla del propio Bogart, Mitchum, Gabin o Belmondo, pero comprendió que no era cuestión de pasarse cientos de horas ante una pantalla intentando encontrar a alguien que hiciera con una colilla algo más que pisarla.

Decidió, por tanto, olvidarse una vez más del tema y concentrarse en el guion del quinto capítulo de la serie, ya que barruntaba que, sin la presencia de Herta, no aportaba nada nuevo a la historia sino que más bien la frenaba.

«Las películas son como las bicicletas; si no avanzan, se caen.»

Aquella frase de un autor anónimo que, sin duda, conocía su oficio, podía aplicarse a cualquier tipo de relato, por lo que se apoderó de un lápiz rojo y tachó las escenas que en su opinión engordaban el presupuesto y resultaban inútiles.

No obstante, a los pocos minutos sintió una especie de hormigueo en la nuca; la absurda sensación de estar siendo observado, por lo que tras luchar un rato consigo mismo se puso en pie y se decidió a hacer lo que se había prometido no hacer: buscar una diminuta cámara que le estuviera espiando o un micrófono que le estuviera escuchando.

A su modo de ver, aquel sencillo acto, lógico en cierta manera dadas las circunstancias, constituía, no obstante, un primer paso hacia la paranoia, de la misma forma que aceptar iniciarse en el consumo de drogas conducía con demasiada frecuencia a la locura.

Años atrás había caído en sus manos un interesante estudio sobre las raíces del miedo, en el que el autor, un profesor lituano, sostenía una curiosa teoría: a lo largo de la historia millones de seres humanos habían demostrado ser capaces de no tener miedo a nada, siempre que su mente estuviera en condiciones de determinar las causas de ese miedo.

En infinidad de ocasiones los muy valientes superaban el temor a la muerte, pero rara vez superaban el temor a lo desconocido.

Y es que lo desconocido era un enemigo contra el que de poco valían espadas, fusiles o cañones, debido a que podía atacarle por la espalda y en ese caso de nada servía el coraje.

Iniciada la tarea, lanzado a la vorágine del terror, escudriñó hasta el último rincón de la casa sin encontrar el menor rastro de cámaras o micrófonos.

Había caído en la trampa.

Le constaba que a partir de aquel momento viviría obsesionado, y por primera vez se revolvió contra aquel a quien había considerado un hermano y que tras miles de buenos momentos había decidido amargarle la existencia cuando tenía ya un pie en la tumba.

«¿Realmente era tan importante lo que había querido decirle? —se preguntó—. ¿Valía la pena obligarle a descerebrarse con tal de encontrarle sentido a un sinsentido?»

—¡Maldita sea tu estampa, Simon! —exclamó en voz alta—. No me merezco esto.

Le apetecía salir a cenar con el fin de dar un largo paseo disfrutando del buen tiempo, pero le frenaba la simple idea de poner un pie en la calle.

Quien había matado a Simon podía estar esperándole.

Al igual que los enfermos no pueden evitar recordar con amargura los hermosos tiempos en los que disfrutaban de buena salud, ahora no podía evitar recordar los hermosos tiempos en los que se sentía libre de pasear por donde le apeteciera.

Se dejó caer en su butaca predilecta, encendió uno de sus habanos predilectos, lanzó el humo alargando mucho el labio inferior con el fin de dirigirlo directamente al techo, y a la cuarta calada decidió que no podía pasarse el resto de la vida encerrado y saldría a cenar pasara lo que pasara.

Sin duda, influyó el hecho de saber que la asistenta no le había dejado la cena preparada y no encontró nada apetecible en la nevera.

Se encaminó, sin prisas, al mejor restaurante de los alrededores y eligió lo mejor de lo mejor, como si aquella fuera su última cena, se echó al cuerpo dos coñacs destinados a animarle, paseó muy despacio, aunque no siempre en línea recta, cayó en la cama y sus ronquidos casi llegaban a la calle.

A la mañana siguiente, y mientras aún le duraba la resaca, Mark irrumpió inesperadamente en su despacho, se derrumbó en la misma butaca en que se había acomodado Sandra, y tras unos instantes en los que pareció necesitar aliento, señaló:

—A mi padre le han diagnosticado un cáncer.

No supo qué decir, puesto que no estaba muy seguro de si aquella era una buena o una mala noticia, y debió ser el recién llegado quien le sacara de dudas al comentar moviendo la cabeza de un lado a otro:

—Es un maldito hijo de puta que nunca ha hecho bien a nadie, pero aun así sigue siendo mi padre.

—Lo siento.

—Pues no tienes razones para sentirlo; yo sí, pero únicamente por motivos personales; el resto de la humanidad debería alegrarse.

—No es manera de hablar... —le hizo notar—. Y menos para un inglés.

—¿Acaso el hecho de ser inglés me convierte en bicho raro?

—¡Para mí sí...! ¿Qué piensas hacer?

—Heredar.

La rapidez y simplicidad de la respuesta le dejó un tanto descolocado por lo que tardó en reaccionar y lo único que se le ocurrió fue preguntar si esperaba heredar pronto o tarde.

—Creo que pronto, porque le afecta al páncreas y ese suele ser un proceso rápido. —El recién llegado tardó en continuar, se agitó en su asiento y carraspeó ligeramente antes de señalar—: Y ese es el motivo por el que he venido a verte; necesito consejo porque me enfrento a un dilema que sabía que algún día se me presentaría, pero confiaba en que no fuera con tanta inmediatez.

—¿Un dilema...? ¿Qué diablos pretendes decir con eso? ¿Acaso se te ha pasado por la cabeza renunciar a lo que legalmente te pertenece?

—Ni por lo más remoto, querido, ya te lo he dicho y de eso que no te quepa la menor duda —se apresuró a puntualizar calmosamente el inglés—. Pero el dilema sigue estando ahí, porque si cierro las plantas de producción condeno al paro a los obreros, lo cual se me antoja una cabronada, pero si no las cierro, continúo fabricando armas, lo cual va contra mis principios.

—Véndelas.

—Si las vendo lo tengo que hacer con una cláusula según la cual el comprador se compromete a mantener al mismo personal con los mismos derechos, o sea que serán otros los que fabriquen armas que sigan matando gente. —Hizo una nueva pausa y casi esbozó una sonrisa al matizar—: O sea que bien mirado lo que tengo no es un dilema, sino más bien un «trilema»; cierro, fabrico armas, o vendo para que las fabriquen otros; tres malas soluciones a un asqueroso problema.

—¿No podrías dedicarte a fabricar otras cosas?

—¿Como qué...? Ese siempre ha sido un proceso condenado al fracaso; cuando estalla una guerra las fábricas de tractores o neveras se transforman con rapidez y comienzan a producir tanques o ametralladoras que los contendientes pagan a muy buen precio. Pero cuando llega la paz las cosas cambian porque reformar la maquinaria para volver a producir coches o neveras cuesta mucho, y los civiles no pagan tanto. Siempre es mejor continuar con los tanques y los fusiles procurando agitar los ánimos y sobornar a políticos con el fin de conseguir que estalle una buena guerra en algún lugar, llámese Corea, Vietnam o Irak. Y mientras las grandes contiendas no llegan se sobrevive armando a dictadores tercermundistas que nunca faltan.

—Ciertamente es un negocio asqueroso.

—Pero muy lucrativo; en Norteamérica el treinta por ciento de la industria está relacionada de un modo u otro con las armas, lo cual quiere decir que uno de cada tres de sus obreros vive de que alguien intente matar a alguien.

Aunque no fuera una hora a la que acostumbrara fumar y aún le doliera un poco la cabeza por culpa del exceso de alcohol, Roman encendió un habano y ofreció otro a Mark, que lo rechazó con un gesto al tiempo que le recriminaba arrugando la nariz:

—¡No es hora de empezar a atufarme...!

—Lo sé, y sé también que es malo para la salud, pero es que últimamente tengo tantos problemas que el tabaco es lo único que me relaja... —Estudió con la máxima atención a su amigo con la clara intención de intentar adivinar hasta qué punto sería sincero al contestarle cuando añadió—: Entiendo que con los problemas que se te vienen encima hayas decidido abandonar la serie.

—¿Cómo has dicho? —se sorprendió Mark Reynols.

—Que si quieres lo dejamos. Por mí no hay inconveniente, y no será la primera vez que un proyecto como este se viene abajo. Hasta ahora hemos invertidos unos seiscientos mil euros, o sea que contando las indemnizaciones...

—¡Pero te has vuelto loco! —le interrumpió su indignado interlocutor—. ¿De qué coño hablas, y qué tiene que ver una cosa con otra? Ahora es cuando más me interesa esa serie porque puedo permitirme el lujo de producirla aunque no la venda.

—Es que Berta Muller parece dispuesta a complicarnos las cosas.

—Si esa bruja estirada, que si no está subida en una escoba es porque se la ha tragado, quiere guerra, le lanzaré encima todos los tanques que ha fabricado mi padre durante los últimos años.

—¡Así sin más! ¡Con un par de cojones!

—Y cien cañones... Será digno de ver un enfrentamiento entre dos de las industrias más deleznables del planeta, y en el que en este caso una lleva una clara ventaja porque a mí no me importa perder dinero mientras que Berta llora por cada euro que no gana.

Quien le escuchaba agitó la cabeza mientras observaba con fijeza la ceniza de su habano y no pudo por menos que mascullar en tono francamente pesimista:

—Lo malo de los choques de trenes es que quien acaba pagando los platos rotos es el pobre burro que se encontraba pastando junto a la vía. Y me temo que ese burro soy yo.

—Que seas burro nadie lo ha puesto en duda, pero lo que sí te aseguro es que no pagarás ningún plato roto porque voy a tener dinero para aburrir. —Alargó la mano, le echó un vistazo a los bocetos de algunos decorados que se encontraban esparcidos sobre la mesa y comentó—: No están mal, pero el yate de Berta debe ser mucho más grande o se cabreará. Su vanidad no admite límites.

—¿La conoces?

—¡Desde luego...! Y mucho. Hubo un tiempo en que nuestros respectivos padres acariciaron la idea de unir ambas fortunas, puesto que habría constituido un enlace sumamente productivo; una parte de la familia se dedicaría a destrozar a la gente y la otra a curarle las heridas.

—En ocasiones resultas asquerosamente cínico...

—Ventajas de ser inglés... —fue la descarada respuesta—. Y ahora responde a mi primera pregunta: ¿Qué hago con respecto a las fábricas?

—Así, a bote pronto, y si no puedes dedicarlas a otra cosa, tan solo se me ocurre una solución factible: prejubila a los obreros.

—¿Cargándoselos a la seguridad social? No soy de esa clase de empresarios. Mi padre sí, pero yo no.

—No es eso lo que he querido decir. Si vas a tener tanto dinero deberías ser tú quien cargase con los gastos de jubilación.

—¿Pagándoles por no hacer nada?

—Al menos hasta que encuentren un trabajo que les compense.

—Quizá no sea mala idea ya que me encantaría ver cómo esas malditas máquinas se convierten en chatarra que nadie querría. Probablemente me costará una fortuna... —Se rascó la barbilla, afirmó con un leve ademán de la cabeza y al fin masculló como para sí mismo—: Tendría que hacer números, pero quizá podría aguantar unos cuantos años. Lo único que me preocupa es que estaría fomentando la vagancia entre los trabajadores.

—Te lo van a agradecer... Y mucho.

—Ellos sí, ¿pero qué pensarían unos niños que crecieran viendo como sus padre viven sin dar palo al agua? Constituiría un mal ejemplo.

—A mi modesto entender esta conversación se está convirtiendo en una escena digna de una película de los hermanos Marx —le hizo notar el otro—. Yo, aunque solo sea por el puro, estoy haciendo de Groucho y tú de Harpo.

—Imposible ya que Harpo era el mudo: en todo caso yo estaría haciendo de Chico.

—Continuaría siendo igualmente disparatada.

—Lo admito, pero al menos ha tenido la virtud de relajarme porque estaba muy tenso; no todos los días te anuncian que se va a morir tu padre. Y ahora aclárame en qué nuevo lío te ha metido Sandra.

Le hizo un detallado relato de cuanto había ocurrido en aquel mismo despacho, y cuando hubo concluido el inglés señaló alarmado:

—Pero al enfrentarse a John Kramer puede acabar con su carrera. ¡Esa chica está loca!

—Sandra siempre ha estado un poco loca, pero como además es siciliana asegura que si el tal Kramer se pone chulo le pedirá a sus amigos de la mafia que le metan una cabeza de caballo en la cama. Y la creo capaz.

—Triplícale el contrato.

—Se ofendería porque no lo hace por dinero y es muy suya.

—En ese caso le enviaré una pulsera de zafiros; ni siquiera las sicilianas le hacen ascos a los zafiros.

—Y Sandra menos... Cambiando de tema, supongo que con tanto lío no habrás tenido tiempo de pensar en lo que te conté acerca del sobre y la colilla.

—Realmente no, y aunque hubiera pensado no se me habría ocurrido nada porque es lo más absurdo que he oído en mi vida. ¿Te continúa preocupando?

—¿No te preocuparía saber que tu mejor amigo ha sido asesinado y empiezas a creer que no fue para robarle? Confiaba en mí desde que teníamos ocho años, y al parecer seguía confiando el día de su muerte. ¿Acaso imaginas que puedo traicionar esa confianza? ¿Lo harías tú?

V

—El señor Kramer pregunta si puede recibirle.

Si había algo que no le apeteciera en aquellos momentos era encararse con aquella inmunda lagartija a la que le gustaba que le denominasen El Gran Caimán, pero hizo de tripas corazón, lanzó un reniego y pidió que le acomodaran en el salón y le ofrecieran café o una copa mientras le daba tiempo a «ponerse visible».

Se retocó el maquillaje, se recogió la espesa y larga melena en un moño que sujetó con un pañuelo verde que hacía juego con sus ojos, puesto que al fin y al cabo aquel maldito hijo de mala madre seguía siendo un magnate de la industria, eligió una larga bata apropiada a su rango de gran estrella de la pantalla y descendió solemnemente por la escalinata, decidida a evitar en lo posible las dentelladas del repelente rey de los pantanos.

Lo primero que le sorprendió fue descubrir que no se encontraba solo, y cuando su acompañante se volvió advirtió que las piernas estaban a punto de traicionarla, con lo que su teatral aparición se convertiría en un cómico sainete.

Tomó la decisión de imitar a la actriz que más aborreciera nunca, y apoyándose displicentemente en el quicio de la puerta comentó con la personalísima voz de ultratumba de Joan Crawford:

—¡Vaya por Dios! ¡Mi personaje en carne y hueso! Esta situación no suele darse a menudo.

—¿Le molesta?

—¡En absoluto! —replicó convencida—. Y si a usted no le molesta que la imite, cuanto mejor lo haga, más ganaremos todos.

—¿Podemos tutearnos?

—¡Desde luego!

—Pues en ese caso quiero asegurarte que de todas las estrellas que me recomendaron, te elegí sin dudarlo. Eres muy hermosa. Y con estilo.

—Lo primero es verdad; lo segundo, falso, porque cuantos me conocen opinan que soy más vulgar que la sopa de sobre. Lo que ocurre es que, en cuanto el director grita «¡Acción!», me transformo.

Ahora fue Berta Muller la que pareció desconcertarse, se volvió a John Kramer como solicitando ayuda y El Gran Caimán comentó de inmediato:

—No se lo tengas en cuenta; lo único que intenta es epatarte y demostrar que es una magnífica actriz.

—Pues lo ha conseguido —fue la sincera respuesta de la luxemburguesa—. ¿Por qué no te sientas, querida?

Sandra Castelmare, que lo que en realidad había pretendido, y en apariencia lo estaba consiguiendo, era «robar plano» y adueñarse de la situación, ya que de ese modo las piernas dejarían de temblarle, ensayó la más seductora de sus sonrisas y avanzó a duras penas, aguantando el tipo sin caerse, hasta conseguir derrumbarse en la butaca que se encontraba más cerca mientras comentaba:

—Se agradecen los aplausos. De eso vivimos.

—¿Habías interpretado ya esta escena?

—Yo he interpretado todas las escenas imaginables, cielo; si no en un plató, sí al menos ante un espejo. Una verdadera actriz debe estar preparada a la hora de afrontar cualquier contingencia. A Federico le entusiasmaba obligarte a hacer cosas inauditas que no estaban en el guion.

—¿Fellini...?

—¿Acaso existe otro Federico...?

—Debías de ser muy joven cuando trabajaste con él.

—Estas tetas me empezaron a crecer a los quince años y las adoraba, lo cual no quiere decir que nos acostáramos juntos. Solía decir que «llenaban la pantalla» y que sus espectadores se lo agradecían mucho.

—¡Bien...! —intervino John Kramer que parecía temer que la conversación se encarrilara por el derrotero del absurdo, ya que era cosa sabida que era algo que acostumbraba acontecer en cuanto la siciliana intervenía—. ¿Dónde está el contrato?

—Mi representante te enviará una copia.

—¿Te costó mucho convencerle?

Antes de responder Sandra Castelmare se abrió la bata dejando ver el nacimiento de sus muslos.

—¿Tú qué crees?

—¿Y los guiones?

—Los están escribiendo, pero me han prometido que me los enviarán la próxima semana.

—¿Cuándo empieza la grabación?

—«Grabación...» —exclamó la demandada arrugando la nariz con gesto de asco—. ¡Qué palabra tan deleznable! Yo no «grabo»; yo «ruedo». —Hizo una estudiada pausa y se volvió a Berta Muller con el fin de inquirir con su habitual desfachatez—: ¿Por qué no le pides a este capullo, que sabe mucho de cine, pero poco de actores, que se largue para que pueda estudiarte a gusto? Si realmente pretendes que sea como tú, necesito saber cómo eres.

—Nunca me habían llamado capullo... —señaló visiblemente molesto el aludido.

—Será porque solo hemos hablado un par de veces.

Ante tan espontánea y desconsiderada respuesta a cualquier ser humano se le ofrecían dos opciones: o enfurecerse y poner en su «lista negra» a quien le demostraba una falta de respeto que rayaba en lo demencial, o lanzar un sonoro bufido y abandonar la estancia.

—¡Estás como una verdadera cabra...! —comentó, y al pasar golpeó el hombro de Berta Muller mientras añadía—: Ándate con cuidado porque su mal es contagioso.

Cuando se encontraron a solas, la presidenta de uno de los mayores laboratorios farmacéuticos del planeta comentó:

—No sé por qué sospecho que yo acabaré comportándome como tú y no tú como yo.

—Te equivocas, cielo, porque para resultar cercana y ocurrente hace falta talento, mientras que para parecer lejana y fría tan solo hace falta oficio. Y a mí oficio me sobra.

—Admito que venía prevenida... —reconoció su inesperada visitante—. Pero veo que sobrepasas mis expectativas. ¿Tratas así a los hombres?

—Solo a los que quiero tirarme... —Su actitud y su tono de voz cambiaron de improviso al añadir—: Y ahora hablando en serio, ¿cómo se explica que a una mujer que tiene cuanto se puede desear le preocupe lo que piense la gente?

—Tengo una imagen que cuidar.

—Tu imagen es un asco, querida, y perdona que sea tan sincera. Por mucho que se esforzaran los guionistas no encontrarían forma de empeorarla.

Al igual que le había ocurrido momentos antes a John Kramer, a Berta Muller tan solo se le ofrecían dos opciones: o arañarle la cara a quien hacía tamaño alarde de pasarse el mundo por la entrepierna, o resignarse a aceptar que se sentaba frente a un desmesurado y precioso monumento a la irracionalidad.

—Si fuera lesbiana me enamoraría de ti —reconoció sin el menor empacho.

—Le ha ocurrido a muchas... —admitió con una arrebatadora sonrisa la dueña de la casa—. Pero ese es un campo en que nunca he arado, lo cual ya es decir bastante, puesto que los he arado casi todos... En cierta ocasión una intentó besarme y me entró tanta risa que se quedó pasmada y a punto estuvo de colgarse de una boca de incendios.

—Nadie puede colgarse de una boca de incendios.

—Es que era muy bajita.

—¿Existe alguna forma de conseguir que estés más de un minuto sin decir algo absurdo?

—Haciendo el amor, pero no siempre. Soy especialista en *coitus interruptus* debido a que a menudo suelto una tontería que hace que mi pareja se caiga de la cama. En cierta ocasión le pregunté a uno que llevaba casi media hora dale que te pego sin aflojar un ápice que si se había hecho la permanente, y el pobre estuvo una semana sin levantar cabeza. Y ya sabes a qué cabeza me refiero.

Almorzaron en la cocina unos espaguetis a la putanesca, con salsa de tomate, anchoas, aceitunas, ajo y, evidentemente, un exceso de guindilla.

Mientras los preparaba, la siciliana comentó:

—A veces se los hago al equipo de rodaje y les encanta; el único que se ha negado a probarlos es Sharif, el hombre más arrebatador que he conocido.

—¿Y por qué no quería probarlos?

—Porque aseguraba que nadie puede ser atractivo mientras sorbe espaguetis, se mancha la corbata, la camisa y el bigote de salsa de tomate y acaba lanzando un eructo que apesta a ajo. Como actor siempre fue muy expresivo.

—¿Y como hombre?

—¡Maravilloso! Y muy inteligente. La primera vez que me insinué me miró con sus ojos acuosos y casi hipnóticos, sonrió como tan solo él sabe sonreír y comentó:

—Vuelve a intentarlo cuando estés en edad de saber lo que haces.

—¿Y volviste a intentarlo?

—No, porque para entonces ya sabía lo que hacía y en qué lío me metería. —Sirvió lo que acababa de cocinar y tomó asiento al tiempo que añadía—: Y ahora dejemos de hablar de mi mundo que por lo visto te divierte y hablemos del tuyo que, además de ser una tremenda cabronada porque jode a mucha gente, debe de ser un coñazo.

—Bastante.

—¿Qué se siente cuando te encuentras en lo alto de un escenario, presidiendo una junta de viejos avariciosos y jugando con la salud de millones de desgraciados que tienen que elegir entre comprar el medicamento que les salvará la vida o dar de comer a sus hijos?

—Esa forma de exponer el problema lo banaliza y simplifica, querida —le hizo notar su invitada mientras comenzaba a dar buena cuenta, pero sin prisas, de su enorme plato de pasta—. Y te aseguro que si entramos en el terreno de la demagogia te va a resultar difícil apabullarme porque es el arte del engaño a gran escala, y eso sí que se aprende en ciertas universidades. ¡Caray cómo pican...! Están fabulosos, pero me van a dejar la boca echando fuego.

—Si esta noche le haces un «pompino» a tu novio saldrá dando saltos.

—¿Qué es un «pompino»...? —Ante el expresivo gesto de la italiana que se llevaba el puño cerrado adelante y atrás frente la boca, puntualizó—: Nunca lo había oído, pero resulta altamente expresivo. Y muy «meridional».

—Casi tanto como la siesta en el pajar.

—Desde luego, pero volviendo a lo que hablábamos, debes tener en cuenta que, en ocasiones, de mis decisiones dependen el bienestar, la salud, el trabajo, el futuro, e incluso la vida, de millones de personas, y eso forma el carácter. Lo que tú llamas «escenario» suele ser un patíbulo en el que tan solo se ofrecen dos representaciones; una en la que el verdugo te corta la cabeza, y otra en que se la cortas tú.

—Y evidentemente la tuya sigue en su sitio.

—A base de dejar muchas en el cesto y alzándolas, a menudo, para que los aspirantes a verdugos vean cómo chorrearía su sangre. Me acusan de ser un monstruo a la que le encanta imponer el terror, sin tener en cuenta que yo no impongo el terror al ciudadano de a pie, sino a aquellos que aspiran a ocupar mi puesto; es decir: a los de mi misma especie.

—Yo no soy de tu especie y me amenazas con dejarme sin cabeza... —le hizo notar Sandra Castelmare al tiempo que abría la boca, sacaba la lengua y se la abanicaba intentando aliviar el escozor que le producía el abuso de guindilla—. Creo que esta vez se me ha ido la mano y me voy a tener que pasar la noche con el culo en remojo.

—¿Y eso...?

—Las almorranas...

—¡Ya...! Pero no empieces. Reconozco que me he

equivocado al no entender que perteneces a otro mundo y que incluso dentro de ese mundo llegas a ser ciertamente especial. ¿He conseguido asustarte?

—Un poco... —admitió sin el menor reparo la siciliana—. Aunque bien pensado mi problema no estriba en que me corten el cuello, sino en que se llene de arrugas. ¡Ese sí que es un verdugo que no perdona nunca!

—Conozco un magnífico cirujano plástico que...

—¡Ni loca...! —le interrumpió la otra escandalizada—. Mi cara es mi cara, y el día en que no pueda manejarla a mi antojo me volveré a mi pueblo... —Hizo un corta pausa y le apuntó con el dedo—. Y ese cirujano no deber de ser tan bueno porque te ha dejado una cicatriz que no la disimularía ni el mismísimo Max Factor aunque regresase de entre los muertos.

—¡Y me acusan de ser mala persona! —protestó la luxemburguesa—. ¿Cómo se puede llega a ser tan... «inhumana»?

—Practicando mucho y tragando quina a menudo, querida. ¿Sabías que estuvieron a punto de darme uno de los papeles principales de *Chicago*? Aquella decepción sí que fue realmente... «inhumana». Y la que lo hizo es una cretina.

—¿Catherine Zeta-Jones?

—No. La otra.

—En eso estamos de acuerdo.

Berta Muller se llenó la boca de vino y lo mantuvo un rato allí, quizá con la esperanza de conseguir que le aliviara un poco, o quizá concediéndose tiempo para pensar.

Cuando al fin se decidió a tragárselo, comentó:

—No es necesario que me pases los guiones porque imagino que serán falsos y en el último momento rodaréis los auténticos.

—¿Cómo puedes pensar algo así...? —intentó protestar la italiana.

—Como hago siempre; malpensando. Y además he llegado a una interesante conclusión: tener buena imagen no cotiza en Bolsa, sino más bien todo lo contrario, porque los grandes inversores no confían en la gente decente. Temen que su honradez les lleve a cometer errores, cosa que no suelen hacer los auténticos hijos de puta.

Sandra Castelmare se levantó, recogió los platos y comenzó a preparar café mientras comentaba con evidente admiración:

—Empiezo a creer que no heredaste esa presidencia; te la ganaste a pulso.

—Se agradecen los aplausos aunque no vivamos de ellos. Por cierto... ¿sabías que mi padre y el de Mark pretendían que nos casáramos?

—¡Santo cielo...! ¡Pobre chico!

—¿Qué tengo de malo como esposa?

—¿Y qué tienes de bueno?

—Supongo que lo mismo que tú y tampoco te has casado.

La Castelmare sirvió el café, tomó de nuevo asiento, comenzó a beberse el suyo, sin azúcar pese a que estaba muy cargado y sentenció convencida:

—Las mujeres como nosotras no hemos nacido para hacer infeliz a un solo hombre, querida. Con eso no nos basta. Siempre se ha dicho que soy «una comehombres», aunque tan solo me he comido aquella parte que querían que les comiese.

—Como todas.

—Todas no, que algunas son muy remilgadas. —Negó una y otra vez como si rechazara de plano la idea—. Eso del matrimonio siempre me produjo repelús, y aunque ahora había decidido aceptar la propuesta de Richard, no pienso casarme porque me han asegurado que su cáncer es terminal.

—¿Tanto te asusta el cáncer?

—El cáncer nos asusta a todos, cielo, pero no es miedo a su enfermedad, sino a saber que me pasaría el resto de la vida imaginando que en esta ocasión acepté porque sabía que me iba a quedar viuda.

—Pero no es verdad.

—¿Quién sabe lo que es verdad con respecto a los sentimientos de una mujer como yo? —fue la desconcertante pregunta—. Ni siquiera yo, y mira que me conozco. Mi destino era ser «La pescatera», nieta, hija y hermana de pescadores, y no obstante mira donde estoy. El matrimonio me cambiaría, aunque tan solo fuera por respeto a mi difunto esposo, y es mi modo de ser el que ha conseguido que los hombres me amen y las mujeres me quieran... ¡Joder! —exclamó soltando una divertida carcajada—. Me ha salido como si lo hubiera escrito el mismísimo Tennessee Williams.

—¿Por qué tienes que estropear algo tan hermoso con semejante mamarrachada? —se lamentó quien se había quedado con la taza en el aire pendiente de sus palabras—. Ahora no puedo saber si eres una gran actriz o una gran gilipollas.

—De todo hay en la viña del Señor, pero volvamos a ti, que es lo que importa... ¿Por qué tampoco te has casado?

—Digamos que por lo mismo que tú, pero al contrario; siempre estaría imaginando que lo que pretendía mi marido era quedarse viudo.

—Me recuerdas a la hermana de Giovanni; era muy rica, pero muy fea, lo cual no es tu caso, y se enamoró de un joven obrero muy apuesto. Se casó con él, pero le exigió que siguiera trabajando a tal extremo que vivían en un palacio pero cada día a las seis de la mañana le preparaba la tartera con el almuerzo y el chófer lo llevaba en un Rolls hasta un punto cercano a la fábrica, donde lo recogía por la tarde. Giovanni contaba que, tras veinte años de matrimonio, aquel buen hombre aún le trataba de usted, y cuando se lo echaba en cara, haciéndole ver que era su cuñado y el tío de sus tres hijos, le respondía:

—¿*Ma* cóoomo...? ¡El señor es un «*dottore*»; yo tan solo soy un «operario»...!

Continuaron hablando hasta el anochecer, debido a que Sandra Castelmare necesitaba distraerse y olvidar en lo posible que al único hombre con el que hubiera aceptado casarse le quedaba poco tiempo de vida, y a que por primera vez desde que murió su madre, Berta Muller podía charlar con alguien que no hiciera continuas referencias a acciones, obligaciones, fusiones o porcentajes.

Su mundo de adulta se había limitado a un paisaje de hombres avariciosos que se esforzaban por encontrar su punto débil, y a mujeres que la odiaban, la envidiaban, o la temían, puesto que les constaba que no dudaría un minuto a la hora de arruinar a sus maridos.

O de acostarse con ellos.

Nunca había tenido amigas; únicamente cómplices dispuestas a ser al mismo tiempo cómplices de sus peores enemigos.

Aún recordaba con amargura a una sucia holandesa en la que confió hasta el punto de prestarle uno de sus famosos collares con el fin de que lo luciera en el Baile de la Rosa que organizaba cada año la princesa de Mónaco, y que se lo devolvió habiendo sustituido el más valioso de sus diamantes por otro falso.

La falsificación era tan perfecta que tardó seis meses en darse cuenta, pero no dijo nada.

Al cabo de otros seis meses a la maldita holandesa lo único que le quedaba era un diamante.

No obstante, ahora se sentaba frente a una desinhibida criatura a la que todo lo material parecía importarle un rábano, y que además de hacerle reír le decía a la cara cuanto se le pasaba por la cabeza.

¡Y vive Dios que le pasaban cosas!

—Si yo fuera tú... —le dijo sin el menor reparo y con su desparpajo habitual—. Y suerte tengo de no serlo, porque vaya muermo de vida que llevas, me dejaría de tanto consejo de administración y tanta convención de ventas, y dedicaría más tiempo a darle gusto al cuerpo. ¿Nunca has pensado en largarte a un lugar en el que nadie te conozca, hacerte pasar por una señora «normal», soltera, viuda o separada, y tirarte a alguien que quiera acostarse contigo simplemente porque le gusta tu culo? ¿Aún es bonito?

—¿Por qué tienes que añadirle lo de «aún»?

—Porque en cuanto te descuides se te aflojarán las nalgas, querida, y ya no estarás en condiciones de hacer el experimento. Te garantizo que resulta muy gratificante saber que apeteces únicamente por lo que en esos momentos llevas encima; es decir, nada.

—Nunca se me habría ocurrido, pero puede que tengas razón.

—La tengo. Hace unos años me pasé una semana en Viña del Mar con un húngaro que juraba y perjuraba que no me cambiaría ni por la mismísima Sandra Castelmare. Al despedirme le regalé unas gafas y supongo que aún se debe de estar preguntando por qué lo hice.

—¿Dónde queda Viña del Mar?

—En Chile. Es muy bonito, pero no te lo recomiendo porque el mar siempre está helado. Quisimos imitar a Burt Lancaster y Deborah Kerr, cuando hacen el amor en una playa batida por las olas en *De aquí a la eternidad*, pero no hubo forma; en cuanto nos llegaba el agua a la cintura al pobre húngaro se le quedaba el pito como un sorbete y a mí el trasero como un carámbano.

—¡Bueno...! —admitió la luxemburguesa mientras rellenaba las copas por enésima vez—. Supongo que también lo habrás intentado con aguas cálidas.

—A menudo, pero ahora no se trata de lo que haya hecho yo, sino de lo que deberías hacer tú, porque supongo que no tendrás muchos orgasmos a base de subir cada día los precios de los medicamentos.

Por primera vez desde que comenzaron a almorzar la voz de Berta Muller cambió llegando a resultar casi agresiva al inquirir:

—¿De verdad te imaginas que disfruto con eso? ¿Que soy una sádica a la que le gusta ver sufrir? Nos piden que encontremos remedios a sus males por lo que invertimos miles de millones en buscarlos, a menudo sin resultado. Y cuando nos equivocamos nos demandan hasta arruinarnos. Nadie quiere entender que una píldora no cuesta únicamente lo que cuestan sus componentes; a eso hay que añadirle lo que costó en el pasado a la hora de investigar, y lo que puede costar en el futuro.

—Y lo que cuestan tus castillos, tu yate y tu avión privado, bonita... —le frenó la italiana con un gesto—. Recuerda que no estás en una rueda de prensa, sino en la cocina de mi casa. Entiendo que hay muchos gastos, pero también que hay excesivos beneficios porque de lo contrario no tendrías la fabulosa colección de joyas que dicen que tienes. Y por muchos collares que te cuelgues, esa cicatriz siempre estará ahí y vendrán otras peores.

VI

El móvil runruneó apagadamente, miró la hora y se alarmó.

Eran casi las dos de la mañana y llevaba tres horas durmiendo, por lo que le costó reconocer la nerviosa voz que susurraba:

—¿Señor Askildsen...? Soy la persona a la que le regaló el reloj, y aprovecho la ocasión para darle las gracias, pero no le llamo por eso a una hora tan intempestiva... —Hizo una pausa, como si le costara un gran esfuerzo continuar, pero al fin lo hizo—: Le llamo porque estoy preocupada por usted.

El corazón le dio un vuelco y de inmediato se irguió en la cama.

—¿Y por qué?

—Esta tarde vinieron a verme dos hombres que se presentaron como inspectores de la compañía de seguros con la que, «según ellos», tenía suscrita una póliza su amigo Simon. Me hicieron muchas preguntas y como me jugaba el empleo no me quedó más remedio que contarles lo ocurrido, incluido el tema del sobre y la colilla.

—¡No es posible!

—Lo es, se lo aseguro; he tratado con muchos inspectores de seguros que siempre intentan ahorrarle dinero a su empresa, y me sorprendió que a estos no parecía importarles la cuantía de la indemnización, sino saber quién era usted y dónde podrían encontrarle. Les dije que recordaba su nombre, Roman, pero no su apellido porque es muy raro...

—Mi abuelo era noruego.

—Fuera de donde fuera, es muy raro. También les dije la ciudad y la calle, pero lo cierto es que tampoco recordaba el número. —El tono fue de absoluta desolación, al añadir—: No le he llamado antes porque tenía su tarjeta en casa, y acabo de llegar del hospital... ¡Lo siento!

—No es culpa suya.

—Lo sé, pero tengo familia y debe comprender que el problema me supera, o sea que voy a tirar su tarjeta para no tener nada que ver con este asunto. ¡Cuídese y que Dios le guarde!

Cuando la buena mujer colgó, comprendió que el lo único que escuchaba era el latir de su corazón, tan acelerado que parecía a punto de pararse definitivamente.

Sudaba, le temblaban las manos y el teléfono cayó sobre la colcha, desde donde pareció quedarse observándole como un enorme ojo cuadrado y luminoso que se burlara de su miedo.

Aunque lo que sentía no era miedo; era pánico.

Los portentosos héroes que tantas veces había descrito y que se enfrentaban impertérritos a incontables peligros eran héroes por cuyas venas circulaba tinta, gracias a lo cual ni temblaban ni sudaban, pero ahora a él, por cuyas venas corría sangre, lo único que le faltaba era orinarse encima.

Corrió al baño y también estuvo a punto de vomitar.

Se sentó en la taza del retrete y siguió temblando.

Regresó a la cama y aún temblaba.

Se avergonzó de sí mismo, pero no por ello cesaron los espasmos.

Recordó que había tomado la firme decisión de salir a pasear sin permitir que nadie le amedrentara, pero de eso hacía ya casi dos semanas y en tanto tiempo las cosas cambiaban sobre todo si le despertaban a las dos de la madrugada para decirle que unos desconocidos le buscaban.

¿Quiénes eran aquellos hombres?

¿Por qué les importaba tanto lo que había hecho o dejado de hacer alguien que estaba muerto?

Si Simon guardaba algún secreto se lo había llevado consigo, por lo que perseguirle más allá de la tumba se le antojaba una insensatez y una absurda pérdida de tiempo.

Dejarle en paz hubiera sido lo más razonable, pero los razonamientos no conseguían que las manos se le quedaran quietas.

—Por los clavos de Cristo, Simon, ¿por qué me has hecho esto? —inquirió una vez más—. No puedo ayudarte.

Permitió que pasaran los minutos, incluso quizá fuera una hora, y le vino a la mente aquel verano en el río en que se quedaron colgando de la rama de un castaño pidiendo a gritos que vinieran a ayudarles mientras se les escurrían los trajes de baño.

La única que acudió fue Gloria, que por aquel tiempo debía de tener unos siete años, y que tras observar la escena con especial atención, se limitó a comentar:

—El pito de Simon es más grande, pero el tuyo es más negro.

Cuando ya no pudo más se soltó, se torció un tobillo y aquella fue probablemente la mayor aventura de su vida, exceptuando los días que pasó en Sicilia bajo la inquisitiva mirada de la familia de Sandra.

¿Quién con semejante bagaje de «heroicas proezas» aspiraría a hacer frente a unos desconocidos que no dudaban en matar a quien se interponía en su camino?

Lo único que podía hacer era huir, y fue lo que hizo en cuanto se encontró con fuerzas.

Amontonó en una bolsa de viaje lo que consideró más imprescindible, sacó todo el dinero que había en la caja fuerte, se subió al coche, y cuando aún faltaba media hora para el amanecer ya se encontraba a casi doscientos kilómetros de distancia.

No sabía adónde iba, pero tampoco le importaba.

Lo que le importaba era que se encontraba lejos.

Abandonó la autopista atravesando bosques, campos de cultivo o pueblos silenciosos, y únicamente le preocupaba que nadie le siguiera por lo que conducía con un ojo en la carretera y otro en el retrovisor.

Con la primera claridad buscó un sendero que se abría paso entre los pinos, se detuvo en un claro, recostó la nuca en el reposacabezas y se dijo a sí mismo que jamás habría aceptado escribir una escena tan denigrante y vergonzosa.

Pero una cosa era inventar una historia y otra protagonizarla, sobre todo cuando no existía ninguna razón para recibir tan poco apetecible honor.

Dejando a un lado el hecho de haber mantenido una larga relación sentimental con Sandra Castelmare *la Divina*, o haberse acostado con unas cuantas estrellas de cine de mayor o menor brillo, su vida carecía de interés, ya que estaba a punto de convertirse en un maniático solterón.

Incluso la aventura de convivir con una mujer se le antojaba un riesgo excesivo pese a que llegó a envidiar la felicidad que compartían Alicia y Simon.

Fue el único momento en que estuvo a punto de flaquear en sus convicciones y admitir que tal vez el hecho de levantarse todos los días junto a la misma persona no fuera tan insoportable como había imaginado.

Por aquellos tiempos mantenía una magnífica relación con una diseñadora de vestuario; una pelirroja bonita y agradable, pero le horrorizó la idea de compartir el resto de su vida con cientos de dibujos clavados en las paredes y docenas de metros de tela desparramados por los sillones.

Algunas noches incluso le obligaba a saltar de la cama y servirle de maniquí, y se veía absolutamente ridículo reflejado en un espejo con las piernas al aire y un estampado de flores cruzándole el pecho.

Era una chica encantadora, pero amaba en exceso su trabajo.

Algunos artistas, y ella, sin duda, lo era, vivían tan obsesionados con sus creaciones que no comprendían que al pasarse horas hablando de escotes, plisados o ribetes acababan con la paciencia de cualquiera.

Y nunca había sido un hombre que destacara por su paciencia.

El resultado lógico fue que ahora la linda diseñadora compartía su vida con un fotógrafo, y él con una gigantesca e incansable asistenta moldava que se pasaba el día sacándole brillo a los muebles y podía permanecer dos semanas sin pronunciar palabra.

No era un genio de la cocina, pero le mantenía la casa en orden y en silencio.

Debido a ello y a la simplicidad de su vida actual, cuando reflexionaba sobre sí mismo se veía obligado a admitir que seguía siendo un hombre vulgar pese a que hubiera tratado con muchos genios de los que nunca se le había pegado nada.

Envidiaba la rapidez mental de Giovanni que siempre parecía tener la frase oportuna en la punta de la lengua, y a aquellos directores que «veían» la totalidad de una película antes de gritar «¡Acción!» el primer día de rodaje.

Incluso su capacidad a la hora de inventar historias había desaparecido porque tal como aseguraba Giovanni: «La imaginación es un músculo que cuando dejas de ejercitar se atrofia, y el día que prefieras ganar dinero con películas a imaginar películas, dejarás de ser un cineasta para pasar a convertirte en un tendero.»

Giovanni jamás había sido un tendero y por eso se arruinó tres veces, mientras él estaba a punto de convertirse en tendero.

Se quedó dormido, y cuando el sol le hirió en los ojos se despertó sabiendo que ya ni siquiera era un tendero; era un ratón que buscaba un agujero.

No obstante, siendo como era un hombre con una innegable capacidad de análisis y lo bastante ecuánime como para reconocer sus defectos, pero también sus virtudes, no tardó en comprender que no estaba llamado a enfrentarse a pecho descubierto a gente peligrosa, y que probablemente no era eso lo que Simon esperaba.

Lo que, probablemente, Simon esperaba era que emplease su ya marchita imaginación, pero su siempre activa mente, en encontrar la razón por la que había dedicado su último aliento a enviarle una colilla.

Y para resolver tan arduo problema no resultaba conveniente salir a campo abierto rugiendo como un león al que no tardarían en cortarle la melena: resultaba mucho más aconsejable esconderse con el fin de disponer del mayor tiempo y la mayor tranquilidad posible.

En una palabra: «Desaparecer.»

—¿Que quiere decir con eso de... «ha desaparecido»?

—Lo que he dicho, señor: ha desaparecido. Cabría decir que se ha esfumado, diluido o desintegrado, puesto que no aparece por parte alguna. Ni él, ni su coche, ni su teléfono, ni sus tarjetas de crédito.

—En los tiempos que corren nadie puede «esfumarse», «diluirse» o «desintegrarse» sin dejar rastro, Douglas. ¿De qué nos sirve gastar tanto en tecnología punta si no somos capaces de localizar a un imbécil que no es agente especial, ni espía, y ni siquiera puede pertenecer a la Guardia Nacional porque no es norteamericano?

—Lo ignoro.

—Pues no podemos ignorarlo. Dirijo un equipo de abogados que se supone que lo sabe todo, conoce todas la leyes y está en capacidad de sortearlas todas, y por lo tanto no estoy dispuesto a confesarle a mi mejor cliente que «hemos perdido» a un hombre que puede arruinarle.

—No lo hemos perdido nosotros, señor; lo han perdido nuestros representantes europeos. Alegan que allí cada país tiene sus propias leyes, lo cual complica las cosas porque ese tipo se está moviendo de un lado a otro. Por lo visto es muy listo.

—¿Cómo que es muy listo? ¿Ha conseguido hacerse millonario partiendo de cero, es presidente de un fondo buitre o director de un despacho de abogados mayor que el nuestro...? —Ante el repetido gesto negativo de su subordinado añadió despectivamente—: En ese caso no es muy listo; no es más que un tipo corriente que se escurre como una anguila y al que tenemos la obligación de encontrar.

—Me permito recordarle que si lo encuentran y se

les vuelve a ir la mano nos convertiríamos en cómplices de dos asesinatos.

—Supongo que no serían tan estúpidos como para cometer el mismo error y aunque así fuese... ¿quién cree que paga a cuantos abarrotan las dieciocho plantas de este edificio, Douglas...? Clientes que jamás discuten una minuta porque saben que nos ganaremos hasta el último céntimo. ¿Qué sabemos de la familia de ese tipo?

—No tiene familia.

—¿Ni siquiera un sobrino?

—Es hijo único.

—¡En ese caso se entiende...! ¿Amigos?

—Algunos que al parecer están tan preocupados por él como nosotros.

—Seguro que tan preocupados como nosotros, no. ¿Pretende hacerme creer que no se ha puesto en contacto con nadie?

—Absolutamente con nadie.

—¿Cree que ha muerto?

El encogimiento de hombros demostraba una total ignorancia, pero aun así la respuesta fue concluyente:

—Usted me ha enseñado que jamás debe considerarse a nadie muerto hasta que se le haya metido un dedo en el ojo y no grite.

—Como frase es buena, ya que además es mía, o sea que dígale a esa partida de ineptos del otro lado del

Atlántico que continúen buscándole hasta averiguar lo que sabe, pero que procuren no matarlo si no resulta imprescindible.

—Se hará lo que se pueda.

—Esa no es una respuesta que tenga cabida en este edificio, Douglas. Aquí debemos decir: «Se hará lo que no se pueda», porque hacer lo que se pueda lo hace cualquiera y en Harrison, Holden & Carrigan nunca hemos sido unos cualquiera.

Extrajo del cajón central de la mesa una libreta, la estudió mientras inquiría sin levantar la cabeza:

—¿Qué opina de esto?

—Un trabajo muy concienzudo, pero que no aporta nada nuevo; todo eso, y algunas cosas más ya las sabíamos.

—Las sabíamos, en efecto, pero una cosa es que lo sepamos nosotros y otra que lo sepa quien no debe saberlo... Y nuestro contrato de confidencialidad especifica que ni siquiera podemos aceptar que lo sabemos, puesto que no se trata de un delito menor; es una auténtica monstruosidad.

Thomas Harrison, presidente del poderoso despacho de abogados Harrison, Holden & Carrigan lanzó la libreta con sorprendente habilidad haciendo que cayera en el centro de la chimenea y en cuanto comenzó a arder sonrió como si se sintiera orgulloso de sí mismo:

—Aún conservo el juego de muñeca. ¿Le he contado que fui base en el equipo de baloncesto de la universidad?

—Me lo ha contado.

—Estuve a punto de hacerme profesional.

—Hubiera sido una lástima, puesto que ese sillón lo ocuparía ahora Robert Holden Junior.

—Usted llegará lejos porque posee la rara habilidad de adular sin que parezca que adula. Tendría un magnífico porvenir en la política.

—El porvenir en política cambia conforme cambian los vientos, señor, mientras que en Harrison, Holden & Carrigan los vientos suelen ser constantes. —Hizo una pausa altamente significativa—: Y siempre he sido un hombre metódico.

—Eso me consta. ¿Aspira a ocupar algún día este sillón?

—¿Y quién no...? Pero en cierta ocasión leí una curiosa frase al respecto: «Quien pretenda llegar a la cumbre sin contar con la ayuda pertinente no debe arriesgarse a trepar solo; debe aguardar a que la cumbre descienda hasta él.»

—Con semejante filosofía sir Edmund Hillary nunca hubiera coronado el Everest.

—Sir Edmund Hillary contaba con un magnífico guía serpa. Yo no. Si algún día usted decide que ese sillón descienda hasta mí, bienvenido sea, pero mientras tanto seguiré donde estoy.

—Pues quedándose quieto llegará muy lejos a condición de que ahora se mueva lo suficiente como para encontrar a una anguila que puede acabar convirtiéndose en congrio.

—Me pondré a ello, pero no estaría cumpliendo con mi obligación si no le señalara que, a mi modo de ver, se está cometiendo el único error que puede propiciar que esa anguila se convierta en congrio...

—¿Darle demasiada importancia...?

—Exactamente.

—Estoy de acuerdo; jamás debió haberse producido ninguna muerte, pero lo hecho, hecho está, y ahora toca limpiar la mierda.

—Puede ser mucha mierda —le hizo notar su subordinado.

—También es mucho dinero... —Señaló las cenizas de la libreta al inquirir—: ¿Ha visto esas cifras? ¿De cuánto cree que estamos hablando...?

VII

—¿Qué quieres decir con «Ha desaparecido»?

—Lo que te he dicho: ha desaparecido sin dejar rastro.

—Mañana entierran a Richard, pero el jueves salgo para allá.

—¿Cómo que lo entierran...? No sabía que estuviera tan grave.

—Tenía un gran corazón pero por lo visto con eso no basta en los quirófanos.

—Pues ven cuando quieras pero ten presente que Roman era mi mejor amigo y que he puesto a docenas de personas a buscarle.

—De acuerdo; lo retrasaré hasta la próxima semana. Y hablando de amigos; me he hecho muy amiga de Berta Muller.

—¿Cómo has dicho...? —inquirió un incrédulo Mark Reynols.

—Que me he hecho muy amiga de Berta, y tiene

un gran concepto de ti. Tal vez hubierais hecho una buena pareja... Y muy rica.

—¿Pero de qué diablos estás hablando? —se horrorizó—. ¿Cómo diablos has conocido a Berta?

Quizá por primera vez en su vida Sandra Castelmare, que se sentía verdaderamente afectada por la inesperada muerte de «su novio», empleó pocas palabras en contarle lo ocurrido, para acabar con una frase muy propia de ella:

—O te rompes los cojones en encontrar a Roman, o te los corto cuando llegue.

—Me los estoy rompiendo, cielo.

Y era cierto; había puesto patas arriba a la policía y a los medios de comunicación y había contratado a los mejores detectives con el fin de que le proporcionaran cualquier tipo de información sobre el paradero de Roman Askildsen.

Una gigantesca moldava, que debía considerar que las palabras eran euros puesto que le costaba un enorme esfuerzo dejarlas caer, había admitido que había encontrado la casa revuelta, la caja fuerte abierta y faltaban una bolsa de viaje, pero que la noche anterior «el señor» parecía absolutamente normal.

Aseguró que lo había dejado viendo *Lawrence de Arabia*, pese a que suponía que se la sabía de memoria debido a que solía tararear la música mientras se duchaba.

Mark conocía sobradamente la admiración que Roman sentía por aquella mítica película, aunque como productor le pusiera los pelos de punta saber que David Lean había sido el único director que jamás admitía que le impusieran un presupuesto, un límite de gasto o una fecha a la hora de dar por concluido su trabajo.

—Debería ser como para volverse loco ver cómo repetía una y otra vez una escena en la que cientos de camellos y caballos galopaban al unísono, sabiendo que cada uno de ellos estaba costando un ojo de la cara —solía decir—. ¡Y en pleno desierto...!

Cuando le respondía que cada uno de aquellos caballos y camellos había devuelto centuplicado su valor, respondía que a quienes en su momento pusieron el dinero el mal trago no se lo quitaba nadie puesto que de igual modo la película podría haber sido tan ruinosa como *Cleopatra*.

Al recordar los agradables momentos que solían pasar charlando de cine, literatura, música o mujeres, Mark se negaba a aceptar que le hubieran asesinado y algo en su fuero interno le gritaba que Roman no era del tipo de hombre que se dejaba matar tontamente.

No obstante, le quedaban muchas dudas.

Al día siguiente recibió una llamada de Berta Muller, quien tras saludarle muy cariñosamente, cosa rara en ella, señaló que se había enterado de la desaparición de Roman Askildsen, por lo que si tenía problemas a la hora de producir la serie, estaba dispuesta a aportar el capital que fuera necesario.

—¿Tú...? —se asombró—. ¿Coproducir tú la serie?

—Eso he dicho.

—¿Dónde está la trampa? —inquirió malhumorado.

—No hay trampa —fue la sorprendente respuesta—. Dime cuánto necesitas.

La propuesta se le antojó tan absurda, o más bien maquiavélica, que a punto estuvo de mandarla al infierno, pero se contuvo y optó por invitarla a almorzar al día siguiente «en terreno neutral»; en un restaurante que se había puesto de moda, y que se encontraba a las afueras de Reims, justo a mitad de camino entre París y Luxemburgo.

En cuanto tomaron asiento le espetó sin más preámbulos.

—¿A qué demonios juegas?

—A producir series de televisión... —replicó ella con la más amigable de sus sonrisas—. Parece mucho más divertido que fabricar pastillas porque todas son iguales; blancas, rosas, verdes o amarillas. Azules no, porque no nos dedicamos a la «viagra».

—No trates de engañarme —le suplicó—. Sé sincera al menos una vez en tu vida.

—Lo estoy siendo, querido —respondió la luxemburguesa sin cambiar el tono de voz—: Financiar una serie de televisión sobre el ébola puede resultar un magnífico negocio, ya que está muy bien explicado en la sinopsis que he leído; conseguirá que la gente se aterrorice y exija a los gobiernos que inviertan más en investigación, lo cual resultaría muy beneficioso para una empresa como la mía.

A su interlocutor le costaba aceptar que lo que estaba oyendo fuera cierto, por lo que dirigió una ansiosa mirada a su alrededor como si buscara un testigo de tamaña desfachatez.

Pero los clientes se encontraban inmersos en las diminutas «fantasías gastronómicas» que les había preparado un pretencioso chef que presumía de estar en posesión de dos estrellas Michelin.

Y los camareros demasiado lejos.

—¡No tienes vergüenza! —masculló al fin.

—¿Pero por qué? —fue la aparentemente inocente pregunta—. Me acusas de ser una especie de tarántula que se alimenta de sangre inocente, y cuando te digo: «Está bien, admito que soy una tarántula que pretende seguir alimentándose de sangre inocente...», te sulfuras.

—¿Y qué esperabas cuando descubro que estuve a punto de casarme con una tarántula?

—Que te alegraras por el hecho de saber que tenías razón. ¿No es eso lo que siempre queréis los hombres? ¿Tener razón? —comenzó a probar con desgana las «fantasías gastronómicas» que tenía en el plato, al tiempo que negaba una y otra vez—: Está claro que la única que os entiende es Sandra.

—¿Por qué fuiste a verla?

—Porque me fascina la idea de verla haciendo de tarántula. Es una actriz prodigiosa, y una criatura deliciosamente sincera. La adoro pese a lo de la cicatriz.

—¿Qué cicatriz?

—«Esta» cicatriz.

Él se inclinó, entornó lo ojos y se vio obligado a calarse las gafas para acabar por admitir:

—No veo ninguna cicatriz.

—Eso, sin duda, se lo debo al trabajo de Max Factor... ¿Y arrugas? ¿Ves arrugas?

—Ni con las mejores gafas conseguiría verte el cerebro, y ese sí que me consta que lo tienes arrugado.

—Cuando quieres ser borde bates récords, pero no te lo tendré en cuenta porque lo estás pasando mal por la desaparición de ese tal Askildsen, que menudo nombre se gasta. ¿Tienes alguna idea sobre lo que puede haberle ocurrido?

—Confío en que haya decidido desaparecer por voluntad propia, pero tal vez haya tenido un accidente y esté en el fondo de un barranco... —Hizo una pausa, respiró profundo y concluyó con visible amargura—: Incluso entra dentro de lo posible que lo hayan matado.

—¿Quién podría tener interés en matarle?

—Los mismos que mataron a su amigo Simon.

—¿Y por qué lo mataron?

—¡Y yo qué sé...! —se impacientó el inglés dejando el tenedor a un lado pese a que aún no había probado lo que contenía el plato—. Hasta hace poco mi única preocupación era contar bien una historia sobre una enfermedad que puede costar millones de vidas. Pretendía decir algo importante, que proyectara un poco de luz sobre unos países demasiado ricos que acabarán pagando cara su desidia, pero ahora resulta que no tengo coproductor y que quien se ofrece para ocupar su puesto lo único que busca es ahondar aún más la lacra de la corrupción.

—Tampoco es eso...

—Lo es. Y por si con todo ello no bastara, mi padre está a punto de morirse dejándome hundido en una charca de negocios sucios y dejar las plantas inactivas me va a costar una fortuna.

Berta Muller pareció perder por primera vez el control de una conversación que había sabido manejar desde el primer momento, mantuvo en el aire una sofisticada «fantasía gastronómica», buena tal vez para alimentar la fantasía pero no el estómago, y casi balbuceó al inquirir:

—¿Dejar las plantas inactivas...? ¿Y eso por qué?

—No quiero fabricar más armas.

—Las fabricarán otros.

—No en mis fábricas.

—Construirán otras fábricas. Y ganarán más con la eliminación de un competidor. ¿Por qué te niegas a hacer lo que hacen otros?

—Porque esa es la mejor disculpa de la mayoría: «¿Por qué no voy a hacer lo que hacen otros?» Puede que a ti te valga, pero a mí no.

—Ciertamente nuestro matrimonio hubiera constituido un fracaso.

—¡Ciertamente...!

—¿De cuántos puestos de trabajo estamos hablando?

—Unos tres mil...

—¿Y piensas pagarle la «sopa boba» a tres mil empleados...? ¿De quién ha sido tan brillante idea?

—De Askildsen.

—No me extraña que haya desaparecido, pero podía haberlo hecho antes de parir semejante memez. —Probó la «fantasía gastronómica», arrugó la nariz y añadió con su acritud habitual—: ¡Esto es una cursilería para cursis! La próxima vez invítame a comer un buen cordero y no estas bobadas.

—Antes te gustaban.

—Siempre hay un antes y un después, querido, y no es necesario situarlo delante o detrás de un acontecimiento importante o una fecha señalada. Cada minuto, incluso cada segundo tiene su antes y su después, por lo que no puedo precisar la hora exacta en que decidí decantarme por un buen chuletón de buey... ¿Nos servirán uno, o nos vamos a otra parte?

El *maître* admitió que no tenían chuletones de buey, por lo que tuvieron que conformarse con «chuletitas de cordero lechal a las finas hierbas con reducción de aroma de arándanos» con más palitos que carne, porque no era cuestión de abandonar a aquellas horas un restaurante y salir a la busca de otro aunque les dieran mejor de comer sin tanta parafernalia.

En ocasiones, la edad y el hambre consiguen derrotar a la pedantería, y aquella fue una de ellas, por lo que a la hora del café, que no era malo, Berta Muller señaló:

—Si no me dejas participar en la serie produciré mi propia película.

—¿Sobre qué...?

—Sobre una mujer que al llegar a la madurez comprende que se subió a trenes equivocados y no sabe hacia dónde se dirige.

—Una historia muy vulgar y muy manida.

—No, si la interpreta Sandra Castelmare.

—El problema nunca será Sandra; siempre será la historia, y te advierto que intentar corregir los errores del pasado no es algo exclusivo de las mujeres. Nos afecta a todos.

—Lo supongo. ¿Conoces Viña del Mar?

—¿Dónde queda eso?

—En Chile.

—Pues me temo que no porque nunca he estado en Chile.

Su coche tan solo era un coche, nada por lo que valiera la pena arriesgar la vida visto que nadie le ofrecería nunca una nueva vida pagada en cómodos plazos con garantía de tres años y seguro incluido.

Si conseguía salir de aquella inexplicable situación podría elegir un coche nuevo entre un incontable número de marcas o modelos, y haciendo gala de su buen juicio optó por la decisión más rápida y práctica: desconectar el localizador antirrobos, abandonar su flamante Audi en la profundidad de un espeso bosque, y esperar que ningún excursionista pasara por allí hasta el próximo fin de semana en que se encontraría ya muy lejos.

También se deshizo del teléfono lanzándolo al aire y observando cómo trazaba un arco para ir a estrellarse contra un árbol y caer como una sólida lluvia de color azul metálico.

Tuvo que caminar casi dos horas evitando lugares frecuentados, y cuando al fin divisó un pueblo, no se aproximó hasta el oscurecer.

En la desértica estación consiguió algo de comer en máquinas expendedoras, compró un periódico deportivo y un billete de segunda clase para el primer tren que se dirigía hacia el sur, y se acomodó en un vetusto vagón, aparentemente ensimismado en el relato de cómo los hinchas de dos clubs rivales habían decidido dar más patadas en las gradas que los jugadores en el césped.

Sabía por experiencia que las mujeres no prestaban atención a quienes leían con demasiado interés periódicos deportivos, y también sabía por experiencia que las mujeres solían ser mejores fisonomistas que los hombres.

Si el día de mañana alguien era capaz de situarle aquella noche en aquella estación o aquel tren, sería sin duda una mujer.

Viajó durante horas, durmiendo a ratos, y a ratos despierto, pero tan agotado que no estaba en condiciones de pensar.

Y en aquellos momentos lo que importaba no era pensar, sino ir dejando a sus espaldas miles y miles de traviesas de raíl.

Para pensar ya habría tiempo y si quienes pretendían matarle no le daban tiempo a pensar de nada le serviría haber pensado.

¿Realmente pretendían matarle?

Tal vez nunca conocería la respuesta exacta a tal demanda, pero como lo que estaba en juego era su vida no le pareció oportuno mostrarse demasiado meticuloso con los detalles. Evidentemente podía tratarse de un malentendido, pero más valía malentender a tiempo que no volver a entender nunca.

Tras una larga cabezada advirtió que el horizonte mostraba síntomas de querer dejar de ser absolutamente negro por lo que se apeó en una estación en la que a aquellas intempestivas horas no se distinguía a nadie.

Pasó el día deambulando por bares, parques y callejuelas y después de comer se metió en un cine en el que pudo dormir en una cómoda butaca.

La película no era mala e incluso había trabajado tiempo atrás con uno de sus actores, pero el agotamiento emocional, más que el físico, le golpeó con fuerza.

Sus sueños se entremezclaron con escenas que ocurrían en la pantalla, puesto que de tanto en tanto entreabría los ojos con lo que distinguía algún paisaje o algún rostro.

Se trataba de un auténtico galimatías que carecía de importancia, puesto que ni lo que soñaba ni lo que se proyectaba eran reales.

La realidad llegó cuando se encendieron las luces y alguien le golpeó en el hombro comentando mientras se alejaba hacia la salida:

—Se nota que te ha gustado...

Continuó su largo periplo, siempre en trenes nocturnos, siempre deambulando por ciudades desconocidas, sin hacer ni una sola llamada ni emplear tarjetas de crédito, pasando tan desapercibido como los millones de seres humanos que a diario pasaban desapercibidos.

Procuraba emplear la depurada técnica descrita en un curioso librito de notable éxito entre los del gremio, *Medio siglo extra*, en el que un figurante profesional contaba cómo se las había ingeniado para ganarse la vida participando en cientos de películas y programas de televisión sin que nadie hubiera sido capaz de reconocerle en una sola escena.

Su depurada técnica se basaba en estudiar el emplazamiento de las cámaras, determinar en qué punto exacto de la pantalla se concentraría la atención del espectador y situarse en el margen opuesto sin mostrar nunca la cara.

Afirmaba que el suyo era un magnífico oficio, dado que no se tenía que acudir cada día a una fábrica fichando a la entrada, se pasaba de ser feroz pirata o indio comanche a oficial nazi, y se conocía a infinidad de gente de lo más variopinta.

Hablaba maravillas de Clark Gable, tan sencillo y afable que solía sentarse a charlar con ellos durante las pausas de rodaje y denostaba a las estúpidas estrellas que en cuanto tenían su propio camerino los trataban como si fueran apestados.

Medio siglo extra constituía ciertamente un auténtico manual del arte de vivir en la sombra, y en aquellos momentos se concentraba en aplicarlo con lo que consideraba magníficos resultados.

Quienquiera que le buscase tendría que esforzarse a fondo, puesto que se había convertido en una especie de lento camaleón perfectamente adaptado al entorno.

Tardó por tanto casi una semana en llegar adonde se había propuesto, cosa que en circunstancias normales no le hubiera llevado más de tres o cuatro horas, pero cuando al fin lo consiguió no pudo por menos de sentirse profundamente orgulloso de sí mismo.

VIII

La costa era apenas una línea en el horizonte en el momento en que Paolo Gravi alzó la vista de los anzuelos y se quedó muy quieto como si intentara hilvanar recuerdos u organizar de un modo coherente las ideas que se le agolpaban en la cabeza.

Al fin consiguió balbucear confuso:

—¿De dónde sales?

—De la bodega.

—¿Y qué coño hacías ahí?

—Esconderme.

El pescador dejó a un lado el palangre que estaba preparando y se puso en pie al tiempo que voceaba:

—¡Papá! ¡Enzo! Venid a ver a nuestro polizón.

Su padre y su hermano aparecieron de inmediato, el primero abandonando el timón y el segundo, la litera en la que se había tumbado a descansar antes de iniciar una dura faena de trabajo tras una agitada noche en las tabernas del puerto.

Don Salvatore Gravi, cuya sordera comenzaba a ser preocupante, apagó el motor permitiendo que la embarcación permaneciera al pairo con la manifiesta intención de poder oír mejor lo que tenía que decir aquel que llegó a creer que acabaría siendo su yerno.

—¿Qué demonios haces en mi barco? —fue lo primero que preguntó.

—Ya se lo he dicho a Paolo; esconderme.

—¿De la policía? —Ante el negativo gesto insistió—: ¿La mafia? ¿Hacienda? ¿Algún cornudo...?

—No... —fue la amarga aunque firme respuesta—. No sé quiénes me buscan ni por qué quieren matarme, pero lo cierto es que me buscan para matarme.

—También yo quise matarte cuando abandonaste a mi hija.

—¿Abandonarla? —se asombró—. Fue Sandra la que me abandonó... —Cambió el tono al añadir con desgana—. ¡Bueno...! Lo dejamos de mutuo acuerdo, pero fui el que peor lo pasó porque es una mujer única.

—Eso los sabemos... —admitió Enzo, que tal vez por ser el mayor de los hermanos era el que menos afecto sintió nunca por él—. ¿Te ha dicho ella que vengas?

—¿Sandra...? No —se apresuró a responder agitando ambas manos como si desechara una idea inaceptable y que le espantaba—. ¡En absoluto...! Ni lo sabe, ni debe saberlo. Prométeme que no se lo dirás.

—¡De acuerdo! Si te pones así te lo prometo.

Don Salvatore Gravi, que había aprendido a pescar antes que a leer y que desde luego pescaba mucho mejor que leía, extrajo del bolsillo superior de su mono una resobada cachimba, tomó asiento sobre un cubo al que le había dado la vuelta, e hizo un gesto para que le imitaran:

—A ver... —comenzó mientras le prendía fuego a su curva pipa—. Cuéntame de qué va todo esto y que sea creíble porque si sospecho que me mientes te tiro al agua con un ancla al cuello. Como supongo que has procurado que nadie sepa que estás a bordo, se nos acabarían los problemas.

Lo hizo, ¿qué otro remedio le quedaba?, y al concluir, tanto el viejo como sus hijos le observaron como si acabara de descender de una nave espacial.

Permanecieron largo tiempo en silencio, afirmando con la cabeza como si aquel incongruente relato formase parte también de otra galaxia, y al poco fue Paolo quien se decidió a comentar:

—Es una historia tan idiota que tiene que ser verdad...

—¡Y curiosa...! —reconoció su hermano—. Realmente curiosa: aquí en Sicilia te suelen matar por lo que sabes, pero ni el peor mafioso te mataría por lo que no sabes.

—Es que si nos mataran por lo que no sabemos no

quedaría un siciliano vivo... —sentenció absolutamente convencido don Salvatore—. Lo primero que nos enseñan es a ignorarlo todo sobre todos, puesto que nos va la piel en ello. ¡En fin...! —masculló lanzando un profundo suspiro—: Admito que estás en un aprieto. ¿Qué necesitas?

—Tiempo para pensar.

—Aquí de eso sobra: me refiero al tiempo, no a lo de pensar, puesto que este par de cernícalos jamás han tenido un solo pensamiento que esté por encima de un buen trasero o un par de tetas. A lo más que llegan es a pensar en una buena boca.

—¿A quién habremos salido...? —no pudo por menos que comentar su hijo menor—. Pero lo que sí es cierto es que mientras pescamos Roman podrá pensar cuanto quiera.

—Os echaré una mano.

—¡Ni se te ocurra...! —puntualizó de inmediato don Salvatore—. Aún recuerdo cómo enredaste los anzuelos y te clavaste uno la única vez que estuviste a bordo. Tú a pensar que es lo tuyo. Y ahora en marcha que los peces no esperan; o los cogemos nosotros o los cogen otros.

Roman Askildsen hubiera disfrutado mucho «ayudando» en las labores de pesca, pero lo que había dicho el que estuviera a punto de ser su suegro era cierto; había enredado los palangres, se había clavado un anzuelo y le dio un vahído cuando vio cómo, en lugar de sacárselo, se lo introdujeron aún más hasta conseguir que la punta asomara por el otro lado del dedo, con el fin de cortarla con unos enormes alicates y extraer lo que quedaba.

Resultaba absurdo que quienes tenían unas manos enormes, fuertes y callosas fueran capaces de manejar anzuelos con mayor delicadeza que quien no había hecho otra cosa que escribir.

Se encontraba tan cansado tras su larga huida, y tan necesitado de una buena cama, que optó por bajar a echarse en una de las literas por lo que a los pocos minutos sus ronquidos le hacían la competencia al motor.

Fue entonces cuando los Gravi decidieron reunirse en el puente de mando con el fin de comentar las incidencias de uno de los días más sorprendentes de su vida.

Paolo era partidario de llamar a su hermana y contárselo todo, pero su padre puntualizó que cuando un Gravi hacía una promesa todos los Gravi debían respetarla.

—Además... —añadió—, cuanto menos sepa, mejor para ella y para todos. Conviene que se la note sinceramente preocupada porque es muy buena actriz, pero yo le cojo todas las mentiras y lo mismo que puedo hacer yo, puede hacerlo otro.

—Pues a mí siempre me engañaba.

—Porque eres tonto y aún no eres padre... —El viejo hizo una pausa y sonrió malignamente al concluir—: Y esa no es una verdad a medias.

—¡De acuerdo! —admitió su hijo menor—. Pero ya que soy el tonto me gustaría que me explicases de qué va todo esto de la colilla porque sinceramente no me aclaro.

—¿Y qué quieres que te diga? —fue la sincera respuesta—. Yo lo más lejos que he llegado es a Roma y estas son cosas que solo ocurren de Milán para arriba. Lo único que debe importarnos es que no interviene la mafia.

—El señor Kramer pregunta si puede recibirle.

—¿Otra vez...? ¡Qué tipo tan pesado! ¿Es que aún no sabe que los teléfonos se inventaron para pedir citas? ¿Viene solo?

—Con una señora, pero no es la misma.

Se armó de paciencia, se arregló un poco, aunque menos que en la anterior ocasión pese a que se le advertían profundas ojeras por la falta de sueño, y cuando entró en el salón le desconcertó descubrir que quien acompañaba a El Gran Caimán era nada menos que la mismísima Irina Barrow, y acudió de inmediato a besarla y darle su más sentido pésame por la muerte de Richard.

—Era un gran hombre y me consta que le querías mucho... —dijo—. No pude acudir al entierro porque estaba en Nueva York.

—No tenías que haberte molestado porque sé que le apreciabas.

—Era lo menos que podía hacer... —fue la sincera respuesta—. Y además quería demostrarte mi admiración por el detalle que has tenido de renunciar a la parte de la herencia que te dejó.

—El dinero siempre me lo he ganado frente a una cámara, querida, no sobre un colchón... —fue la respuesta de quien pese a la amargura no podía dejar de ser como era—. Su fortuna ha ido a parar a una fundación de lucha contra el cáncer, y como comprenderás no me pareció apropiado gastarme parte de ese dinero en pretenciosos bolsos o zapatos de los que cuestan una fortuna en Rodeo Drive. Los bolsos caros no atraen a los hombres porque nunca he visto a ninguno follarse un bolso, que además quedaría hecho un asco. Y los bolsos o los zapatos caros despiertan la envida de las mujeres, y la envidia de una mujer no te hace mejor actriz.

—Sin embargo, algunos hombres sienten una especial atracción por los zapatos de mujer... —le hizo notar John Kramer.

—Lo sé —admitió la italiana—. Los fetichistas, que en realidad son unos tarados, y si a alguien le gustan más mis zapatos que mi culo, lo que en el fondo está buscando es que le metan el zapato por el culo... —Encendió un cigarrillo, se tumbó en una butaca, abrió los brazos y añadió con el inimitable descaro que parecía constituir la marca de la casa—. Y ahora aclaradme la auténtica razón de vuestra visita porque esa historia del pésame es buena y oportuna, pero no me la creo.

—Daba por hecho que no te la creerías... —admitió sin ningún reparo El Gran Caimán—. Pero la cosa urge, por lo que he hecho venir a toda prisa a Irina para que escriba el guion.

—¿Qué guion?

—El de la película que te va a producir Berta Muller.

Ahora sí que Sandra Castelmare pareció desconcertarse, dio una profunda calada a su cigarrillo y acabó por inquirir molesta.

—¿Y quién coño ha dicho que Berta me vaya a producir una película? Yo no sé nada.

—Quería darte una sorpresa.

—Pues me la ha dado, y no tengo el cuerpo para sorpresas; acabo de enterrar al hombre que amaba y otro al que quiero mucho ha desaparecido e incluso tal vez lo hayan matado. —Hizo una pausa durante la que se esforzó por serenarse, lanzó un bufido con el que pareció pretender expulsar todo el malestar que sentía y por fin inquirió—: ¿Y de qué trata esa puta película?

Fue en este caso Irina Barrow la que contestó:

—De una mujer que, cuando llega a la madurez, comprende que se ha equivocado de camino y pretende rectificar.

—¡Pues vaya por Dios! ¡Qué original! Eso le suele ocurrir al ochenta por ciento de las mujeres, y aunque admiro tu talento y reconozco que has escrito algunos guiones fabulosos, no sé cómo te las vas a arreglar para sacarle punta a un argumento tan ñoño, y que para colmo yo sea la protagonista porque tengo cara de todo, menos de frustrada.

—Por eso necesito colaborar contigo y que aportes ideas.

—¿Ideas...? —se indignó la dueña de la casa como si le estuvieran proponiendo cometer un sacrilegio—. ¿Qué clase de estupidez es esta? En el mundo del cine que yo conozco, primero se tiene una idea y luego se busca el dinero para producir la película. No al revés. —Aplastó con rabia su cigarrillo en el cenicero y concluyó—: Me cae muy bien Berta, pero con todo mi respeto podéis decirle que a mí no se me consigue con dinero; se me consigue con una polla así de grande, cosa que ella no tiene, o con un buen guion, cosa que por lo visto tampoco tiene.

—Irina puede escribirlo. —Señaló con cierta timidez John Kramer—. Sabes que es la mejor.

—Pues en cuanto lo tenga escrito lo leeré. La semana próxima me voy a Europa, a hacer el papel de Berta Muller, lo cual no deja de ser curioso y casi diría que estrambótico. Pero sobre todo voy a intentar encontrar a un ex amante y amigo, porque si una se va quedando sin amantes y sin amigos acaba bajando por las escaleras tan pirada como Gloria Swanson en *El crepúsculo de los dioses...* —Hizo una significativa pausa antes de añadir guiñando un ojo—: Y la Swanson fue durante años la amante del padre del presidente Kennedy, mientras que yo sepa aún no me he tirado al padre de ningún presidente.

—Todo se andará, querida —señaló la escritora con una divertida sonrisa—. ¡Todo se andará...! ¿En qué época te gustaría que ocurriera la historia?

—Cualquiera menos en la edad de piedra. No me veo sentada en una rama, vistiendo un taparrabos y meditando sobre lo equivocada que estuve al fugarme con un violento pastor llamado Caín, cuando podría haberme casado con un pacífico agricultor llamado Abel.

Irina Barrow respiró como si estuviera necesitando cobrar fuerzas a la hora de enfrentarse a una titánica tarea a su modo de ver irrealizable, y tras mover negativamente la cabeza, sentenció:

—Si por un momento abrigué la esperanza de contar contigo a la hora de encontrar una línea de trabajo, creo que la abandono. Acabaría escribiendo uno de aquellos disparatados sainetes de Lucylle Ball.

—¿Y qué tienes contra Lucille Ball? —se escandalizó la siciliana—. Era genial y siempre he soñado con que alguien fuera capaz de escribirme una comedia tan divertida como las que le escribían a ella. Esa película sí que la haría, ya ves tú.

—Pero no es lo que quiere Berta.

—Querida mía, tú no conoces a Berta —fue la tranquila respuesta—. Yo sí, y te garantizo que no tiene ni puta idea de lo que quiere. Es muy inteligente, pero con una inteligencia limitada a ganar dinero, por lo que si pretende ver sus angustias vitales reflejadas en una pantalla tendrá que buscarse a otra. Estoy dispuesta a hacer de lo que ella realmente es, pero no a hacer de lo que ella querría ser. —Sonrió de oreja a oreja con su natural desparpajo al concluir—: Y si alguien ha entendido lo que he querido decir, que me lo explique.

Tanto Irina Barrow como John Kramer se quedaron anonadados, sin saber si romper a reír o lanzarle un cenicero a la cabeza.

Al poco fue el segundo el que señaló:

—Podrían pasar mil años, pero continuarías asombrándome, querida. Y tal como asegura Irina, si alguna vez se me pasó por la cabeza trabajar contigo, renuncio porque acabarías volviéndome loco.

—Volver locos a los hombres siempre ha sido mi especialidad, querido. No olvides que soy Castelmare, *La Divina*.

—¿Y no podrías dejar de serlo aunque tan solo fuera por un rato? —casi suplicó la guionista—. Me estás poniendo de los nervios.

—Poner de los nervios a las mujeres es otra de mis especialidades, cielo, pero intentaré contenerme. O sea que lo mejor que puedes hacer es cobrar por anticipado e intentar escribir un buen guion. Luego ya hablaremos.

IX

Le fascinaba ver cómo de las profundidades ascendían peces que estaban a punto de convertirse en «pescados», y con cuanta habilidad sus captores les libraban de los anzuelos con el fin de lanzarlos a depósitos en los que boqueaban durante un rato.

Aquella forma de pescar ejercía sobre él la misma atracción que el juego, puesto que nunca conseguía adivinar a qué especie pertenecía o qué tamaño tenían las capturas mientras aún permanecían en la semioscuridad de las profundidades.

Los Gravi casi siempre lo sabían por la tensión o los movimientos del sedal, pero él carecía de su experiencia por lo que de igual modo se entusiasmaba con la lenta ascensión de oscuros meros o plateadas corvinas como por las retorcidas convulsiones de los temibles cabrachos de feroz aspecto, ojos desorbitados y afiladas púas venenosas con los que Enzo preparaba una sabrosa sopa.

La comida a bordo era exquisita, tanto cuando cocinaba Enzo con materia prima que minutos antes aún nadaba, como cuando la salsa la traían de casa aderezada por su madre, una experta a la que de vez en cuando se le iba la mano en la guindilla, defecto que sin duda había heredado su hija.

Hablaban a menudo de Sandra porque los cuatro la amaban, cada uno a su manera, y los cuatro echaban de menos su descaro, su espontaneidad y sus disparatas ocurrencias.

—Siempre he confiado en mi esposa... —comentó en cierta ocasión don Salvatore como si estuviera confesando un sucio pecado—. Pero hubo momentos en que incluso llegué a dudar de su honestidad, puesto que no entendía cómo era posible que aquella descarada criatura hubiera nacido en el seno de una familia tan respetable, seria y tradicional como la nuestra. De los olivos caen aceitunas, pero de aquel olivo había caído una naranja.

—Que tiene sus mismos ojos...

—Gracias a Dios, porque de lo contrario hubiera tenido que cargar la escopeta y dejar huérfanas a dos criaturitas... Paolo todavía no había nacido.

Roman disfrutaba a bordo de un barco que constituía un escondite perfecto y el lugar idóneo a la hora de pensar en un sobre con una colilla, pero al cabo de una semana se vio obligado a admitir que seguía sin ocurrírsele absolutamente nada al respecto.

Durante su precipitada huida a través de cuatro países se había aferrado a una disculpa que consideró válida; lo esencial era ocultarse, pero una vez oculto esa disculpa ya no resultaba aceptable.

Por las noches, con el barco en puerto y apagadas las luces, se tumbaba en la litera y dejaba pasar las horas buscándole algún sentido a un mensaje al que comenzaba a aborrecer debido a que dejaba al descubierto o bien la incoherencia de los delirios de Simon, o bien la magnitud de su incompetencia.

Pero que alguien le buscara, quizá para matarle, constituía un pequeño pero significativo detalle que aclaraba las cosas; no es que Simon delirara; es que él era un incompetente.

Le venían a la mente los muy lejanos tiempos en los que se enfrentaba a una hoja en blanco, intentaba plasmar las vagas ideas que cruzaban por su mente como estrellas fugaces, pero no conseguía atrapar su destello con el tiempo o la intensidad suficientes para que quedara registrado en el papel.

Resultaba frustrante al igual que ahora le frustraba imaginar que si se esforzaba acabaría por encontrar un sendero que le condujera hasta lo más profundo de un peligroso laberinto.

Que luego consiguiera abandonarlo era ya una cuestión bastante improbable, puesto que tal como solía comentar Enzo Gravi: «Si alguien está dispuesto a matarte pese a que crea que no sabes nada, estará dispuesto a convertirte en mortadela en cuanto sospeche que sabes algo.»

Eran buena gente y de fiar los Gravi; se sentía seguro y a gusto con ellos, pero comprendía que no podía convertirse en una carga eterna.

Ciertos días, y en cuanto abandonaban la protección del puerto, don Salvatore olfateaba el aire como un perro de caza, observaba las nubes, conectaba la radio cambiando constantemente de onda, y al fin decidía no poner rumbo a los caladeros habituales manteniéndose cerca de la costa, aun a sabiendas que los beneficios de la jornada apenas bastarían para cubrir gastos.

—¿Amenaza tormenta? —inquirió el primer día.

—Mucho peor, hijo; mucho peor. Amenaza invasión.

—¿Invasión de qué...?

—De inmigrantes; con este tiempo suelen zarpar de las costas de Libia y si salimos a mar abierto corremos el peligro de encontrarnos con una de esas malditas barcas en las que se amontonan como sardinas en lata y a menudo zozobran. Nos parte el corazón verles ahogarse, acudimos en su ayuda, y en ese caso solemos ser nosotros los que corremos peligro.

—Una noche regresamos a puerto con cuarenta y dos subsaharianos a bordo... —intervino Paolo como para refrendar las palabras de su padre—. Al doblar el cabo entró marejada del nordeste, y a punto estuvimos de irnos a pique porque este barco no está diseñado para soportar semejante carga. Es un pesquero, no una lancha de salvamento.

—¿Y por qué no acuden las patrulleras de la armada?

—Acuden... —fue la rápida respuesta—. Ya lo creo que acuden, pero no dan abasto porque los inmigrantes llegan en oleadas. Un atardecer avistamos una treintena de embarcaciones abarrotadas de hombres, mujeres y niños que agitaban los brazos pidiendo ayuda. Cuando cayó la noche los oíamos llorar y gritar, pero apenas pudimos salvar a unos pocos. A la mañana siguiente docenas de ellos flotaban boca abajo y el año pasado en estas aguas se ahogaron cinco mil.

—Es muy duro... —puntualizó don Salvatore mientras le prendía fuego a su cachimba—. ¡Muy duro! Mi padre me enseñó a ganarme la vida sabiendo que correría peligro porque esa es la ley del mar y todo pescador la conoce y la acepta, pero lo que mi padre no me enseñó, ni yo he sabido enseñar a mis hijos, es a pescar cadáveres. Somos gente curtida, pero no tanto.

Acudió lo más granado del Reino Unido, e incluso de muchos otros lugares importantes del planeta —que también existían—, puesto que estar presente y ser fotografiado en los funerales de un hombre tan rico, influyente, poderoso y sobre todo odiado, no solo constituía una clara muestra de que se pertenecía a una clase social privilegiada, sino sobre todo constituía un inmenso placer del que únicamente se disfrutaba en muy contadas ocasiones.

Lamentablemente, personajes de semejante calaña tan solo se morían una vez, y por desgracia siempre demasiado tarde.

Si la hipocresía pesara, el suelo de la iglesia se hubiera venido abajo arrastrando hasta las entrañas del infierno, o tal vez tan solo hasta las vías del metro, lo cual ya hubiera sido de agradecer, a un buen número de exquisitos malhechores de élite que daban el pésame con el mismo entusiasmo con que hubieran hecho repicar la campana de la Bolsa.

Y es que aquel muerto significaba dinero en abundancia.

Alguien había asegurado en cierta ocasión que la mayoría de los egipcios no se llevaban sus tesoros a la tumba con intención de ser igualmente ricos en un inframundo en el que nada estaba en venta, sino para evitar que sus parientes se mataran entre sí.

Quien aspirara a conseguirlos no tendría que utilizar espada o veneno, sino pico y pala.

Y sudar mucho.

Pero sir Leonard Reynols no había tenido ni tiempo ni posibilidad de llevarse a la tumba sus fábricas, cuantos conocían a su hijo barruntaban que pondría a la venta el imperio Reynols & Kraff, y por supuesto allí estarían ellos a la hora de repartirse los despojos «a la baja».

Incluso a la entrada de la iglesia se habían iniciado las primeras negociaciones.

Concluida la ceremonia y ya con las hienas de regreso a sus guaridas, Mark Reynols se encerró en su despacho, se enfrascó en un detallado informe sobre activos y pasivos, pérdidas y ganancias o dimes y diretes para acabar lanzando un amargo suspiro de resignación.

—¡Mierda!

El último modelo de subfusil, que se fabricaría en una planta checa, y que su padre había bautizado Rey/Kraff-007 parecía capaz de aniquilar incluso al James Bond de sus mejores tiempos, cuando quien lo interpretaba era el duro, encantador e indestructible Sean Connery, y no el actual «007», tan blando, inexpresivo y soso que incluso se enamoraba de la primera espía de tres al cuarto que le miraba con ojitos de cordero degollado.

La patente de un arma ciertamente letal, que en manos de un fanático causaría auténticos estragos, había costado una fortuna, pero consideró que poner semejante artefacto al alcance de los extremistas islámicos llevaría la muerte y el dolor a cientos de familias.

Ordenó destruir los prototipos, y se juró a sí mismo que jamás fabricaría ni permitiría fabricar un solo Rey/Kraff-007 porque no deseaba que a su funeral asistieran el mismo tipo de «personalidades» que habían acudido al de su padre.

A los tres días invitó a pasar el fin de semana en su gigantesca mansión campestre a dos de las pocas personas con las que le apetecía tener contacto en aquellos momentos, Berta Muller y Sandra Castelmare, puesto que no solo tenía en común con ellas un proyecto de serie sobre el ébola, sino la preocupación por la suerte de Roman Askildsen.

Pasearon a caballo, ya que las dos eran buenas amazonas, la primera porque había sido una niña rica y la segunda porque no le había quedado más remedio que aprender a montar, puesto que había interpretado tres películas del Oeste, razón por la que galopaba más como un guerrero sioux que se lanzara al ataque del Séptimo de Caballería, que como una dama de alta sociedad.

Después de cenar se sentaban en el porche a preguntarse por enésima vez dónde demonios podría estar el ex amante de una y amigo del otro, mientras la luxemburguesa intentaba darle ánimos, cosa en verdad harto difícil.

—He puesto a mi gente a investigar... —dijo—. Y hay algo que debe haceros concebir esperanzas: muchos lo andan buscando lo cual a mi modo de ver quiere decir que no está muerto.

—¿Y dónde se ha metido? —quiso saber la italiana—. Me rompo los cuernos tratando de ponerme en su lugar y no lo consigo.

—¿Recuerdas haber estado en algún lugar que sirva para esconderse? —quiso saber el inglés—. ¿Una casa de retiro, un convento o algo por el estilo?

—Hace años fuimos a visitar un monasterio en el que había que guardar silencio por lo que me echaron a la media hora.

—Estoy hablando en serio.

—Y yo.

—¿Dónde fue eso?

Sandra Castelmare trató de hacer memoria y al fin se encogió de hombros admitiendo a desgana su derrota:

—No estoy segura, pero creo que debió ser en Alemania.

—Roman no habla alemán... —le hizo notar su anfitrión.

—¿Y para qué necesitaría hablar alemán si allí todo se dice por señas? —fue la inmediata pregunta que no carecía de una cierta lógica—. ¿Acaso las señas alemanas son diferentes?

—Supongo que no.

—Yo la única seña auténticamente alemana que conozco es levantar el brazo y hacer chocar los tacones de las botas, pero no recuerdo que aquellos monjes la utilizaran... —La italiana hizo una corta y reflexiva pausa antes de añadir convencida—: Debe ser porque iban descalzos.

—Te agradecería que no empezaras a decir tonterías —suplicó Berta Muller—. Luego no hay quien te pare.

—Puede que yo las diga, pero tú las haces —le reprendió la aludida—. Y a mí me sirven para que mucha gente me quiera, mientras que a ti no te quiere ni tu perro. Por cierto... ¿tienes perro?

—No.

—Más a mi favor. Que yo sepa la única persona que te aprecia está sentada en esta silla, y como sigas tocándole los cojones se levanta... —La miró fijamente a los ojos al añadir—: ¿Por qué no te vas una temporada a Viña del Mar a ver si se te congela el culo o se te refrescan las ideas?

—¿Pero qué demonios tiene que ver Viña del Mar con todo esto? —protestó un desconcertado Mark Reynols.

—¡Cosas nuestras...!

—Pues para haberos visto una sola vez tenéis más cosas en común de las que yo tuve con mi padre a lo largo de toda una vida...

Adelantó la mano con la palma abierta como pidiendo calma y que le permitieran pensar en silencio y al poco hizo un gesto como si aceptara una idea que acabaran de proponerle aunque en realidad tan solo estuviera en su cabeza.

—¡Podría ser...! —murmuró casi como para sí mismo.

—Podría ser... ¿qué?

—Una solución, no al tema de Roman, sino al otro...

Se tomó de nuevo un tiempo, sin duda, destinado a sopesar los pros y los contras de la idea mientras sus dos acompañantes le observaban impacientes, y al fin, no muy convencido y más bien con la intención de conseguir un consenso que de resolver un problema, añadió:

—Yo estoy intentando hacer una serie de televisión sobre el ébola, pero no conozco bien el mecanismo de las series, y además mi coproductor, amigo y mano derecha ha desaparecido, lo cual complica las cosas... —Se dirigió ahora directamente a Berta Muller al añadir—: Y por otro lado tú estás dispuesta a invertir en una película en la que Sandra interpreta a una mujer que, al igual que otras miles de mujeres, descubre que ha equivocado su camino. ¿Por qué no podría ser la multimillonaria dueña de unos laboratorios a la que una vieja misionera acaba de timar con el viejo truco del vampiro chupasangre una de esas mujeres que se sienten vacías? En lugar de una modesta serie haríamos una película de gran presupuesto.

—¿Una película en la que yo soy al propio tiempo la mala y la mema...? —protestó indignada la luxemburguesa y evidentemente no le faltaba razón—. ¡Tú sí que le echas cara a esto del cine!

—El cine, querida, como casi todo en la vida, es cuestión de oportunidad y de saber aprovechar el material disponible. Tú has contratado a una de las mejores guionistas del momento y yo a una de las mejores actrices. El director es bueno y el ébola preocupa a los gobiernos y asusta a los ciudadanos. Si pongo sobre la mesa veinte millones de euros y tú pones otro tanto, mañana hacemos venir a Irina para que adapte el guion y pasado empezamos a rodar las escenas que ya están escritas.

—Lo considero absurdo. No creo que ni siquiera en el cine las cosas se hagan así.

—No suelen hacerse y personalmente estoy en contra... —intervino la siciliana, segura de lo que decía—. Pero en *Casablanca* nadie tenía ni la más puñetera idea de lo que iba a ocurrir al día siguiente, y pese a ello ha quedado como una de las películas míticas de la historia... No es que yo pretenda ser Ingrid Bergman, pero Federico siempre decía que en ocasiones la inspiración derrota a la planificación.

—¿Fellini...?

—¿Acaso hay otro Federico...? —repitió una vez más La Castelmare, a la que sin duda le encantaba la frase—. Miguel Ángel, Rafael, Leonardo o Federico son genios que no necesitan apellido porque el apellido de los genios casi siempre es italiano. —Hizo la suficiente pausa para que sus palabras causaran el pertinente efecto, pero casi de inmediato apostilló—: Una historia en la que alguien paga millones por reconocer que lo único que tiene son millones, puede acabar resultando interesante... —Sonrió como un gato de dibujos animados, al concluir—: Excepto para quien acabe perdiendo esos millones.

—Cuando quieres puedes ser muy cruel —le reprendió el inglés.

—Cada vez que le he dicho a un hombre que no quiero seguir acostándome con él, he tenido que ser cruel, pero siempre he preferido que me llamen golfa a fingir un orgasmo. Esto es parecido porque debéis tener muy presente que hay muchas más posibilidades de que salga una «cagarruta» que una *Casablanca*.

X

Hacía calor, el mar estaba en calma, no corría un soplo de viento y la flacidez de los sedales indicaba que los meros, los cabrachos, las corvinas y hasta las morenas habían decidido irse a dormir.

Las tablas solunares, no siempre fiables, pero que don Salvatore consultaba a menudo, preconizaban que ese día los habitantes de las profundidades de las costas sicilianas no empezarían a tener hambre hasta la caída de la tarde, lo cual quería decir que, con mucha suerte, y si capturaban algo, podrían regresar a puerto a media noche.

Pero eso siempre era mejor que atracar con media docena de cadáveres a bordo porque aquel era uno de aquellos malditos días en que resultaba preferible no alejarse de la costa.

El joven y siempre impulsivo Paolo era partidario de salir a mar abierto, aun exponiéndose a pasar trabajos y amarguras intentando salvar infelices en peligro, pero su padre le respondía que como patrón de *La Bella de Castelmare* su prioridad se centraba en regresar a puerto con la tripulación intacta y algo más que aire en las bodegas.

Por si su responsabilidad fuera poca, cada vez que volvía con seres humanos, su esposa y su anciana pero indestructible suegra le amonestaban por haber puesto en peligro la vida de los chicos.

—Son esos desgraciados políticos ladrones los que tienen que preocuparse del problema —le espetaba duramente su mujer agitando las manos—. No unos míseros pescadores a los que apenas nos alcanza para malvivir y nos machacan a impuestos. Cualquier día perderás a uno de mis hijos, y ese día te envenenaré.

—También son mis hijos.

—Pues piensa en ellos antes que en los de los demás. Que te llames Salvatore no significa que tengas que tomártelo al pie de la letra.

—Es que se nos parte el alma cuando vemos cómo esas malditas balsas neumáticas comienzan a deshincharse y los pobres se van hundiendo mientras nos miran angustiados. A menudo ni siquiera piden ayuda porque comprenden que no podemos prestársela. Resulta desolador.

—Y lo entiendo, pero la radio asegura que llegan

por miles y vosotros tan solo sois tres. ¿Dónde está la marina?

—Supongo que de maniobras, pero tampoco es cuestión de echarle la culpa. Hace lo que puede con los medios que le proporcionan. La Unión Europea se pasa la vida diciendo que va a aportar más barcos, pero lo único que hace es hablar y pagar dietas a unos euro-diputados que nunca están en su puesto. —El viejo pescador lanzó un malsonante reniego al concluir—: A esa pandilla de vagos los metería en un barco y los mandaría a sacar niños del agua.

Fuera culpa de la Unión Europea o de los políticos, lo cual en el fondo venía a ser lo mismo porque los unos eran los otros y los otros los unos, el caso es que estaban allí fondeados bajo un sol de justicia, dejando pasar las horas y preguntándose si más allá del horizonte, cientos de subsaharianos que habían huido del hambre y de las guerras estarían rogándole a Dios que les enviara un pequeño pesquero tripulado por hombres compasivos.

Enzo fumaba, frustrado o aburrido, y en el momento de lanzar al agua lo que le quedaba de cigarrillo Roman no pudo por menos que inquirir:

—¿Por qué los dejas siempre a medias?

—¿Y qué quieres que haga...? —fue la agria respuesta—. ¿Fumarme el filtro?

El otro se inclinó a observar la colilla que flotaba,

permaneció unos instantes meditabundo y al fin alargó la mano apoderándose del paquete que su acompañante llevaba en el bolsillo.

—¡Perdona...! —suplicó para añadir casi de inmediato—: Tienes razón; apenas te has fumado poco más de la mitad. ¡Qué largo es este filtro!

—Casi todos son iguales.

Roman Askildsen se puso en pie, fue hasta la cabina de mando y regresó con una regla con la que se entretuvo en hacer mediciones antes de señalar:

—Nunca me había fijado porque únicamente fumo puros, pero el cigarrillo tiene ocho centímetros de largo y el filtro tres, o sea que te están vendiendo celulosa a precio de tabaco.

—¡Coño...! Tienes razón... ¿Qué putada, no?

—Más bien estafa, diría yo porque el tabaco hay que sembrarlo, regarlo, cuidarlo, recogerlo, secarlo y procesarlo, mientras que el acetato de celulosa debe ser muy barato.

Como los peces seguían sin sentir el menor interés por los cebos, tomaron asiento frente al ordenador de a bordo y se dedicaron a consultar datos.

A precio de estanco, una bolsa que contenía doscientos filtros de los que solían utilizar los fumadores que liaban los cigarrillos a mano, venía a costar dos euros, mientras que, dependiendo de la marca, doscientos cigarrillos, es decir un cartón, se aproximaba a los cincuenta.

Veinticinco veces más.

Continuaron fisgoneando y recabando datos a través de internet, y cuando don Salvatore y Paolo dieron por concluidas sus respectivas siestas les pusieron al corriente de lo que habían averiguado.

—Según las Naciones Unidas anualmente se consumen unos cinco mil millones de cigarrillos, es decir, casi uno por cada habitante del planeta. Mucha gente no fuma, pero en compensación los que sí lo hacen pueden fumarse casi un paquete diario, lo cual hace pensar que esa cifra es bastante fiable... —señaló un excitado Roman Askildsen—. Y como se inventaron hace poco más de medio siglo, la cantidad de filtros fabricados asciende a un mínimo de doscientos mil millones.

—¿Y eso qué significa?

—Que con el cuento del dichoso filtro destinado a proteger la salud del fumador, las tabacaleras se han embolsado sumas astronómicas a base de dar a sus clientes, celulosa por tabaco; es decir, gato por liebre.

Douglas Cameron no tardó en comprender que si aspiraba a sentarse algún día en el sillón presidencial de Harrison, Holden & Carrigan, lo primero que tenía que hacer era localizar al escurridizo Roman Askildsen, e intentar averiguar lo que sabía sin derramar sangre.

Pero al maldito Roman Askildsen se lo había tragado la tierra.

Un muy bien pagado ejército de detectives privados le buscaba bajo todas las piedras, pero ni uno solo había sido capaz de aportar una sola pista fiable sobre su paradero.

Dinero tirado a la basura, pero lo que sobraba era dinero, y si un abogado que disponía de tantos medios no lograba su objetivo inmediato, jamás podría aspirar a conseguir su objetivo a largo plazo.

Si fracasaba en aquella empresa su futuro se limitaría a un diminuto despacho en la cuarta planta, y sabido era que en Harrison, Holden & Carrigan la cuarta planta estaba considerada la antesala de la calle.

Trabajó incansablemente moviendo todos los hilos que conocía, hasta que un domingo, al regresar de la iglesia con su mujer y su hija, se encontró con que dos hombres le esperaban cómodamente instalados en el salón y con un arma sobre la mesa.

—¡Siéntese...! —le espetó uno de ellos sin el menor reparo—. Y usted, señora, deje aquí su teléfono, llévese a la niña arriba y no se le ocurra moverse. Necesitamos hablar con su marido. —Se volvió al dueño de la casa con el fin de añadir—: Recomiéndele por su bien que se quede tranquila. No queremos hacerle daño a nadie si no es necesario.

—Por favor, querida —suplicó—. Haz lo que te piden; son cosas del trabajo.

En cuanto la aterrorizada mujer desapareció en lo alto de la escalera con la pequeña en brazos, inquirió con un hilo de voz:

—¿De qué quieren hablar?

—De Askildsen.

—¿Qué saben de él?

—Lo mismo que usted, y que también lo andamos buscando. No debe extrañarle que con tanta gente preguntando por la misma persona dos acabaran por coincidir y una de ellas se haya ido de la lengua.

El que llevaba la voz cantante, curiosamente el más joven, se puso en pie, guardó su arma, se sirvió una copa, le ofreció otra que rechazó con un gesto, y sin volver a sentarse añadió:

—Seré breve porque nunca se sabe cómo reaccionará una mujer que sabe a su familia en peligro... —Le apuntó amenazadoramente con la copa al añadir—: Nos está complicando mucho las cosas y si no abandona la búsqueda, pasado mañana su mujer estará velando su cadáver. Y adviértale a su jefe que si no permite que los auténticos profesionales hagamos nuestro trabajo el cadáver que velarán será el suyo. ¿Me he expresado con suficiente claridad?

—Más que suficiente.

—En ese caso le deseo que pase un buen día, y disfrute de su hija durante muchos años.

Se marcharon como si acabaran de ofrecerle un seguro contra incendios, y únicamente entonces Douglas Cameron aceptó la copa que ya nadie le ofrecía.

Se sintió aliviado, no solo porque aquel par de sicarios, que parecían muy capaces de cumplir sus amenazas, hubieran abandonado su casa, sino sobre todo por el hecho de comprender que tan inesperado vuelco de la situación redundaba en su beneficio.

Al tener una magnífica excusa para abandonar la infructuosa búsqueda de aquella anguila que podría convertirse en congrio, no corría el riesgo de ser trasladado a un despacho de la cuarta planta, ya que confiaba en que su jefe comprendiera que no valía la pena visitar la morgue antes de tiempo por el mero hecho de defender los intereses de un cliente por muy abultadas que fueran las minutas que abonaba.

—Me está bien empleado por aceptar buscar a alguien que se encuentra a miles de millas de distancia —fue efectivamente el comentario del presidente de Harrison, Holden & Carrigan en cuanto le comentó lo sucedido—. ¿Qué necesidad tenían esos europeos de mierda de apalear a aquel desgraciado? Si lo hubieran dejado en paz, a estas horas ya nadie se acordaría del muerto ni de su maldita libreta. Ahora se vuelve a cometer el mismo error con ese tal Askildsen que probablemente no tiene ni la menor idea de a qué viene todo esto. ¡Jodidos ineptos!

—¿Y qué piensa hacer?

—Reducir plantilla.

—¡Perdón...! —se sorprendió Douglas Cameron—. ¿Cómo ha dicho?

—Que si vamos a perder a nuestro mejor cliente, y está claro que lo vamos a perder, aquí sobrarán medio centenar de abogados —fue la descarada respuesta de Thomas Harrison—. Pero no se preocupe; usted seguirá en nómina aunque tan solo sea porque sabe demasiado.

—Le consta que jamás mencionaría este asunto, señor; firmé una cláusula de confidencialidad que...

—Mi querido Douglas... —le interrumpió bruscamente su jefe—. Si me dieran un dólar por cada vez que un abogado ha roto una cláusula de confidencialidad no me vería obligado a reducir plantilla. Y puede estar tranquilo; tampoco lo mandaré a la cuarta planta.

—Se lo agradezco porque aún me falta por pagar la mitad de la hipoteca... ¿Cómo cree que reaccionará el cliente?

—Mal, sin duda, aunque si nos paramos a pensar tal vez exista una manera de evitar que se busque otro abogado, aunque para conseguirlo necesitaría su ayuda.

—Siempre estoy a su disposición —se apresuró a señalar su servicial subordinado—. ¿Qué tendría que hacer?

—Limitarse a afirmar que la amenaza de muerte no se limita a usted y a mí, sino que también le afecta a él. A nadie le gusta imaginar que no se pasará el fin de semana contemplando la hierba mientras juega al golf, sino sus raíces desde el interior de un ataúd.

—¡Una idea digna de usted!

—No me adule, Douglas; no me adule que no está el horno para bollos.

—No se trata de adulación, señor, sino de auténtica admiración. Resulta lógico suponer que si esos pistoleros me han encontrado y saben para quién trabajo, también sepan quién es nuestro cliente que pueda tener alguna relación con este asunto.

—Si en nuestra profesión imperara la lógica, tanto usted como yo viviríamos de la seguridad social, pero por suerte la Justicia es ciega, por lo que no puede ver de qué lado se inclina la balanza que lleva en la mano, que casi siempre es del que más pesa. Y ese peso viene dado por la cantidad de monedas que se echan en uno de los platillos... ¿Está dispuesto a jurar en falso?

—¡Naturalmente!

—En ese caso debemos centrarnos en diseñar una estrategia destinada a convencer al cabrón de Peter Morris de que salvará el pellejo y estará en condiciones de evitar la principal acusación: conspiración en un «crimen contra la Humanidad», lo que lleva aparejado cadena perpetua.

—Una afirmación excesivamente dura, señor.

—Eso depende del punto de mira o de las matemáticas. ¿Cuántas víctimas hacen falta para que un delito se considere «crimen contra la Humanidad? ¿Cien mil...? ¿Un millón...? Si empezáramos a hacer cálculos, la cifra nos pondría los pelos de punta.

—Pero a mi modo de ver esa es una acusación muy difícil de plantear ante los tribunales, señor.

El presidente de Harrison, Holden & Carrigan sonrió mostrando apenas los dientes al contradecirle:

—No tanto si algún desconocido hubiera «filtrado» pruebas lo suficientemente convincentes...

—Se me antoja un juego muy arriesgado, señor. Es un juicio que podríamos perder.

—Sin duda, pero en cierta ocasión le pregunté a un amigo, alto cargo de la Agencia Espacial, por qué pensaba invertir cantidades auténticamente «siderales» en una nave tripulada a Marte si probablemente constituiría un fracaso. «La cuestión no es que llegue a Marte...», me respondió con absoluta desfachatez. «La cuestión es la inmensa cantidad de dinero que irá dejando a su paso, porque a decir verdad tampoco se nos ha perdido nada en Marte.»

—¿O sea que lo que importa es el pleito en sí, no la victoria?

—El día que acepte que en nuestro oficio una provechosa derrota es siempre mejor que una ruinosa victoria, será usted un extraordinario abogado, Cameron.

XI

Pusieron rumbo a Cerdeña, sabiendo que mientras no faenaran en caladeros para los que no hubieran adquirido la correspondiente licencia, nadie les molestaría.

Para los Gravi aquellas constituían unas fabulosas y emocionantes vacaciones después de años de arduo trabajo.

Vacaciones que además les permitían liberarse de la terrible tensión que venían soportando, debido a que la nueva arma de los extremistas islámicos a la hora de imponer al mundo sus ideas consistía en crear el «caos» en el Mediterráneo con el fin de evitar una supuesta intervención militar en la fanatizada Libia.

«Si Europa nos envía soldados nosotros le enviaremos medio millón de inmigrantes porque nos encontramos a las puertas de Italia» —había asegurado un barbudo portavoz, amenazando con provocar una invasión pacífica sin precedentes en la historia.

La Bella de Castelmare solía pescar a menos de cien millas de la costa africana, y tan temible advertencia se hizo realidad en cuanto los yihadistas embarcaron a cientos de inmigrantes en vetustos barcos que abandonaron en aguas turcas, griegas o italianas.

Casi doscientos mil desgraciados habían llegado de una u otra forma a Sicilia últimamente, y el solo hecho de tropezarse con una de aquellas fantasmagóricas naves en mitad de la noche o escuchar los gemidos de quienes se estaban muriendo se convertía en una inolvidable pesadilla.

Alejarse de semejante infierno, aunque tan solo fuera por unos días, constituía por tanto un merecido premio para quienes amaban su trabajo pero odiaban la idea de salir a la mar «a pescar gente».

Fuera viva o muerta.

Enzo canturreaba en proa, su padre y su hermano dormitaban en popa, y Roman Askildsen se sentía como un viejo lobo de mar, puesto que al fin le habían permitido ponerse al timón.

—En aguas abiertas no hay riesgo de colisión... —había señalado don Salvatore al concederle tan preciado aunque inmerecido honor—. No tenemos prisa y si nos desviamos de la ruta eres tú quien paga el gasoil.

El novel timonel se había comprometido a pagar «absolutamente todo», incluido lo que los Gravi dejaran de ganar durante el tiempo que durara el viaje, y lo daba por bien empleado como justo premio a cuanto hacían por él.

Le constaba que sin su desinteresada protección jamás habría permanecido tanto tiempo oculto ni aun siguiendo al pie de la letra las instrucciones del astuto y escurridizo autor de *Medio siglo extra*.

Con un ojo en el horizonte y otro en la brújula, procurando no desviarse del rumbo marcado y tan feliz como el día en que se puso por primera vez al volante de un automóvil, se concentró en analizar cada paso de su estrategia futura, hasta que un bostezante Paolo tomó asiento a su lado con el fin de inquirir:

—¿Cómo vamos...?

—Directos a Cagliari.

—¿Has tenido en cuenta la deriva?

—¿El qué...?

—La deriva...

—¿Y eso qué es?

—¡Olvídalo...! —fue la inmediata respuesta—. La calcularé luego. Ahora prefiero que me aclares algo, ya que eres un hombre muy leído y que ha visto mucho mundo: ¿qué va a pasar con este maldito lío del islamismo? ¿Es cierto que todos acabaremos siendo musulmanes?

—Difícil pregunta y ten por seguro que aunque hubiera leído un millón de libros y conociera cien países, no sabría darte una respuesta.

—¡Pues sí que estamos buenos! —se lamentó el menor de los Gravi—. No me apetece la idea de inclinarme varias veces al día para tocar el suelo con la frente. Mi madre me obliga a ir a misa los domingos, pero me jodería que alguien que no fuera ella me obligara a ir a una mezquita.

—Tengo entendido que la mayoría de los musulmanes no van a la mezquita por obligación, sino por devoción.

—¡Ya! ¿Y eso...?

—¿Qué quieres que te diga? No soy musulmán.

—¿Tú sueles ir a la iglesia?

—Únicamente cuando hay bodas o funerales de gente conocida. ¡Bueno...! Una vez fui a un bautizo.

—No me estás aclarando mucho.

—Para aclararle algo a alguien lo primero que hace falta es tener las ideas claras... —fue la sincera respuesta de quien seguía sin apartar la vista de la brújula—. Y con respecto al fanatismo, no las tengo.

—¿Y quién puede tenerlas?

—No lo sé, pero hace mucho tiempo leí las memorias de un chipriota del siglo XIX que había pasado gran parte de su vida en Medio Oriente, que aseguraba que el problema no se solucionaría hasta que las musulmanas dejaran de permitir que siempre fueran los hombres los que tomaran todas las decisiones. Pero en su opinión eso nunca ocurriría porque vivían bajo lo que denominaba «La Herencia del Harén».

—¿Y qué pretendía decir con eso de «La Herencia del Harén»?

—Que se masturbaban demasiado, lo que las convertía en seres introvertidos o que vivían aislado del mundo exterior, bien fuera por los muros de su casa o por un simple velo. Y eso las volvía incapaces de implicarse en problemas externos aunque les afectaran personalmente.

—¿Me tomas por idiota?

—En todo caso sería el chipriota. Según él, los sultanes de aquella época tenían harenes con docenas de hermosas muchachas, a menudo casi niñas, a las que lógicamente no tenían tiempo ni energías para satisfacer en su totalidad, por lo que se las arreglaban solas ya que al estar custodiadas por eunucos no veían una polla ni de lejos.

—Eso se entiende...

—Luego, cuando el sultán envejecía solía convertirse en un «mirón» que únicamente disfrutaba viendo cómo sus odaliscas bailaban, se besaban y se acariciaban, lo cual fomentaba el lesbianismo. —Roman Askildsen se volvió con el fin de observar a quien permanecía atento a sus palabras intentando averiguar qué efecto le producían—. Y como esa forma de comportarse estaba bien vista por el sultán, cuantos tenían varias esposas también la practicaban. ¿Has estado alguna vez en la cama con dos mujeres?

—No.

—¿Y te apetece?

El interrogado dudó un largo rato, aprovechó para indicarle con un gesto que virara un punto a estribor y al fin reconoció:

—Supongo que si fueran bonitas me apetecería.

—Eso mismo pensamos casi todos. Es de suponer que la mayoría de las que se veían obligadas a vivir encerradas en un harén no eran auténticas lesbianas u onanistas; lo eran porque no les dejaban otra opción.

—¿Qué es un «onanista»?

—Uno que se masturba.

—¡Vaya por Dios! —estalló el otro visiblemente divertido—. ¡A buenas horas vengo a saber que no soy únicamente siciliano...! También soy «onanista».

Quien patroneaba la nave no pudo evitar sonreír al tiempo que señalaba:

—No cabe duda de que eres hermano de tu hermana. Tenéis el mismo sentido del humor.

—¿Por qué no te casaste con ella?

—Por memo. Dudé demasiado y cuando me decidí ya era tarde. Y mejor así porque en estos momentos soy su ex novio y no su ex marido. Los sicilianos tenéis fama de ser poco amables con los cuñados.

—¡Bobadas...! O sea que en aquella época las musulmanas se las arreglaban solas o se entendían entre ellas. ¿Crees que continúa siendo así?

—Supongo que únicamente entre las de los fanáticos, ya que continúan tratándolas como a seres inferiores.

—Si conocieran a Sandra cambiarían de idea.

—Precisamente lo que quieren es que no surjan mujeres como Sandra que ponen de manifiesto quiénes son inferiores y quiénes no. Para un extremista resulta mucho más fácil maltratar a una mujer, gritar amenazas, apretar gatillos y matar inocentes, que intentar hacer feliz a esa misma mujer, estudiar una carrera y construir puentes. Si estudiaran carreras o construyeran puentes no les quedaría tiempo para sentarse a fumar, tomar el té y proferir amenazas. Y por desgracia son esos, y no los moderados, los que pretenden dominar el mundo.

—Por lo poco que sé, hubo un tiempo en el que los cristianos también intentamos dominarlo.

—Y fracasamos.

—Seguro que fueron gente de tierra adentro porque a ningún marino se le ocurriría dominar el mundo. Conocerlo sí, pero no dominarlo.

—Nunca lo había pensado, pero puede que tengas

razón —admitió quien había estado a punto de convertirse en su cuñado—. Ningún tirano que yo recuerde ha sido marino. —Dudó unos momentos antes de añadir—: Tal vez se deba a que al estar acostumbrado a ver lo grande que es el mar, intentar dominarlo les parezca una pérdida de tiempo.

—¡Pues si esto es el Mediterráneo, imagínate cómo será el Pacífico!

—¿Y qué más da? A mí, en cuanto dejo de ver tierra ya me parece una inmensidad.

—Entré en el camerino agotada y sudorosa, me quedé en pelotas y en ese momento le descubrí tras la puerta, arreglando el aparato del aire acondicionado. Se volvió a mirarme desde lo alto de la escalera y de la impresión perdió el equilibro y me cayó encima. Grité, entraron los tramoyistas, creyeron que estaba intentando violarme sin tan siquiera bajarse los pantalones, y antes de tener tiempo de aclararlo, le molieron a palos... ¡Pobre chico! Estuvo diez días de baja, pero cuando acabó el rodaje le compensé llevándomelo una semana a Capri. Al verle conmigo una americana rica debió de pensar que en la cama debía ser poco menos que el Tigre de Malasia por lo que se empeñó en quitarme el novio. Ahora vive en Alabama, tiene una cadena de supermercados y de vez en cuando me escribe y me manda fotos de sus hijos. Jura que si no hubiera sido por mis tetas aún seguiría arreglando aparatos de aire acondicionado. —Bebió un trago de agua y añadió—: En otra ocasión...

—¡Sandra, cielo —protestó impaciente el director—. Estamos intentando grabar una escena importante.

—¡«Grabar» no, jodido franchute...! ¡«Rodar»!

—Lo que digas, preciosa, pero hazme el puñetero favor de ocupar tu sitio y ponerte a trabajar.

Cinco minutos más tarde, sentada en la cabecera de una enorme sala de juntas, vestida con un severo traje oscuro, con el pelo recogido en un moño, un rictus de amargura en la boca y crispando la mano sobre un lápiz, la siciliana comenzó a interpretar su papel con tal convicción que cabría imaginar que en toda su vida no había hecho otra cosa que dirigir laboratorios.

—«Lo primero que debemos hacer... —empezó—, y al igual que se hizo con "El mal de las vacas locas", "La gripe aviar" o cualquier otra epidemia, real o ficticia, es exagerar el número de afectados con el fin de obligar a los gobiernos a que inviertan más en investigación. El siguiente paso será convertirnos en los primeros en obtener la patente del fármaco... —Hizo una larga pausa durante la que recorrió con la vista, entre desafiante y prepotente, a cuantos no se atrevían a alzar la voz o hacer un solo gesto, y al fin añadió—: Hasta el presente nadie ha obtenido resultados satisfactorios, pero he recibido información confidencial sobre un hospital de Liberia en el que se están consiguiendo curaciones a base de trabajar con murciélagos.»

—¡Corten! ¡Perfecto! Cuando quieres hacer bien las cosas eres la mejor.

—¿Y tú cómo lo sabes si, que yo recuerde, nunca nos hemos acostado juntos?

Desde el director «franchute» hasta el último electricista romano pasando por actores, peluqueros y maquilladores de incontables nacionalidades, todos rompieron a reír e incluso algunos se atragantaron pese a saber como sabían que cuando La Castelmare se encontraba en el plató cualquier cosa podía suceder.

Esta se dirigió ahora directamente a Mark Reynols que se mantenía en un discreto segundo plano con el fin de inquirir:

—¿Y a ti qué te ha parecido?

—Ha sido como ver a la propia Muller.

—Berta no hubiera sabido largar toda la frase de un tirón, o sea que vamos a seguir trabajando porque el mes que viene tengo que estar en Texas haciendo de Scarlett O'Hara en *Lo que el viento nos dejó*.

—Me parece una absoluta falta de respeto parodiar una de las obras maestras de la cinematografía... —apuntó el presuntuoso actorcillo de segunda fila que se sentaba a su izquierda y que sin duda pretendía que se fijaran en él.

—Lo admito —admitió la siciliana sin inmutarse—. Pero el guion es fabuloso. Scarlett se queda viuda otras dos veces por lo que coge fama de gafe y nadie se le acerca ni con guantes. Tan altiva y frustrada como siempre decide unirse a una caravana de cuáqueros que se dirigen al Oeste, donde arruina todo lo que toca hasta que encuentra la felicidad como tercera esposa del gran jefe Pequeño Coyote Aullador, que cada vez que repite aquella estúpida cantinela de «Lo pensaré mañana» le atiza un coscorrón con la pipa de la paz.

—Me sigue pareciendo una falta de respeto.

—¡Pues sería absurdo que pudiéramos caricaturizar a Mahoma y no burlarnos de *Lo que el viento se llevó*...!

—¡Silencio por favor...! ¡Seguimos intentando rodar una película...!

Mark Reynols se asombró una vez más al comprobar cómo en cuestión de segundos la temperamental italiana se transformaba en una hierática y calculadora empresaria luxemburguesa sin que uno solo de sus gestos o su tono de voz delatara su verdadero origen.

Ciertamente era una actriz fuera de serie.

Abandonó el plató y cuando estaba a punto de entrar en el despacho de Irina Barrow con objeto de interesarse por los cambios que estaba realizando a la hora de convertir el guion original de la serie en un único largometraje, le sorprendió que repicara uno de sus móviles que apenas utilizaba y del que tan solo sus íntimos conocían el número.

—¿Diga...?

—Le llamo de parte de su amigo Giovanni; le invita a cenar el martes en el restaurante en que le contó que nunca se liaba con actrices porque luego le pedían primeros planos y más diálogos.

Se quedó tan desconcertado que a punto estuvo de tirar el aparato como si abrasara.

Se le revolvió el estomago pero al fin suplicó casi tartamudeando:

—¡Repítalo, por favor!

Evidentemente quien se encontraba al otro lado estaba leyendo el mensaje en un idioma que no era el suyo puesto que lo repitió sin cambiar una sola palabra:

—Le llamo de parte de su amigo Giovanni; le invita a cenar el martes en el restaurante en que le contó que nunca se liaba con actrices porque luego le pedían primeros planos y más diálogos... —Tras una corta pausa añadió en inglés macarrónico—: ¿Vuelvo a decirlo?

—No. Ya no es necesario. Allí estaré.

Colgó y tuvo que hacer un esfuerzo para no ponerse a dar saltos. El pobre Giovanni había muerto, por lo que el único que conocía el restaurante en que había tenido lugar la conversación era Roman, y Roman sabía que el martes estaría en Cannes, puesto que llevaban años asistiendo juntos al festival de cine.

Renunció a entrar en el despacho de Irina Barrow. Ahora no necesitaba saber nada sobre el guion, sino respirar aire puro y relajarse, por lo que decidió dar un largo paseo para acabar tomando asiento en el banco de un parque, sonriendo al ver cómo los niños jugaban y las parejas se besuqueaban sobre la hierba.

Ardía en deseos de contarle la buena nueva a Sandra, pero tras meditarlo largo rato decidió no hacerlo. Si Roman había utilizado un sistema tan sofisticado a la hora de conseguir que se vieran sin que nadie averiguara el lugar aunque tuviera intervenido su teléfono, cosa poco probable pero siempre posible, cuantos menos lo supieran mejor.

Además debía tener en cuenta que la siciliana no se lo pensaría dos veces a la hora de acudir a Cannes, y ahora tenía que trabajar muy duramente si pretendía rodar una película sobre el ébola antes de meterse en el papel de Scarlett O'Hara.

Sería fantástico verla jurar que nunca volvería a pasar hambre alzando los brazos sobre un atardecer rojizo, o desperezarse sobre una piel de oso, plenamente satisfecha porque al fin el gran jefe Pequeño Coyote Aullador había conseguido arrancarle seis orgasmos seguidos.

Lo haría estupendamente porque si alguien podía imitar a Vivien Leigh era ella.

Regresó a su despacho casi bailando, pero en cuanto atravesó el umbral su secretaria le amargó el día al mostrarle la noticia que aparecía en la edición digital de todos los periódicos:

Una joven prostituta había sido asesinada en un burdel de las afueras de Marsella y el dueño del local juraba y perjuraba que había reconocido al asesino cuando huía, y que en su precipitación se había dejado olvidado en la habitación el carnet de afiliado a un club de tenis.

Según él, se trataba sin lugar a dudas de Roman Askildsen, el hombre que había desaparecido casi un mes atrás.

XII

—¿Se lo dijiste exactamente como lo llevabas anotado?

—Se lo dije... —respondió Paolo—. Y me respondió que estaría allí, pero ese no es el problema; ahora el problema es este.

Abrió *El diario de Cerdeña* y le mostró la página en que aparecía su foto junto a una orden internacional de búsqueda y captura.

—¡La *Madonna*...! —no pudo por menos que exclamar don Salvatore, puesto que quien, según el periódico, estaba «en busca y captura» se había quedado sin palabras—. ¿Cómo te las has arreglado para matar a alguien en Marsella mientras estabas en Sicilia?

—Pues no lo sé... —consiguió articular a duras penas el demandado—. Pero lo que está claro es que esa gente va en serio. Si son capaces de asesinar con la única intención de localizarme, es que están dispuestos a todo.

—Tienes tres testigos que demuestran tu inocencia —señaló Enzo.

—Os lo agradezco, pero está claro que esos matan más inocentes que culpables, y en cuanto asome la cabeza me la arrancan.

—¿Y qué vamos a hacer?

—Vosotros, nada. Ya habéis hecho bastante. Es mi problema.

Don Salvatore encendió calmosamente su cachimba, dio una larga chupada y señaló en un tono que no admitía replica:

—Los problemas de quien está a bordo de mi barco son mis problemas, lo cual quiere decir, y no me voy a molestar en repetirlo, que te dejes de bobadas y empieces a pensar en cómo arreglarlo, porque a este par de zopencos no se les va a ocurrir nada... —Hizo una larga pausa, lanzó una bocanada de humo y acabó por admitir—: Y me temo que a mí tampoco.

Los observó uno por uno y no tardó en admitir que no conseguiría hacerles cambiar de idea porque eran hombres que cada día se levantaban sin saber si esa noche regresarían a sus camas.

Eran hombres de mar.

Y el mar enseñaba a ser hombres.

Había tardado en aprenderlo, pero alguien había

escrito que lo que se aprende de viejo suele tener más valor, aunque tan solo fuera porque es nuevo.

Los Gravi se habían arriesgado infinidad de veces a perder cuanto tenían por salvar a desconocidos que venían de lejanos países, y por lo tanto sería indigno suponer que no se arriesgarían de igual modo a la hora de ayudar a un amigo que había estado a punto de ser el padre de sus sobrinos o sus nietos.

Para los Gravi ningún enemigo, por muy brutal que fuera, podía compararse a una galerna en alta mar, y comprendió que les ofendería si volvía a mencionar que harían mejor volviéndose a su casa.

Y por si ello no bastara, ahora sabían que lo que estaba en juego no solo eran sus vidas, sino las de millones de personas que podían acabar muriendo, porque quienes eran capaces de asesinar a una pobre chica que ningún mal les había hecho no parecían dispuestos a perder sus fabulosos privilegios.

Por desgracia los seres humanos cometían demasiado a menudo ominosos crímenes contra sus semejantes, y eso era algo que ni él ni los Gravi podrían evitar, pero el que se estaba cometiendo en aquellos momentos era un crimen ladino y silencioso en el que los culpables ni siquiera se exponían a perder una guerra y acabar fusilados.

Y tampoco pertenecían a una raza, un país, una religión o una ideología determinada.

Los había de todos los colores, credos y nacionalidades.

Y muchos de ellos se consideraban inocentes, puesto que no existía peor delito que aquel en el que la conciencia no se sentía implicada, ni mejor disculpa que el hecho de saberse impune.

Tampoco existía bestia más cruel que el hombre mediocre al que se le concedía algún tipo de poder, porque quien merecía el poder aprendía a ser justo, pero quien no se lo merecía aprendía a ser tirano.

Durante aquellos días Roman Askildsen había reflexionado con calma sobre lo que pretendiera transmitirle Simon a la hora de enviarle una colilla de cigarrillo, y entre otras muchas cosas se había aplicado a la tarea de realizar un sencillo cálculo; si era cierto el informe de las Naciones Unidas que afirmaba que en el planeta se habían acumulado doscientos mil millones de colillas con filtro —y al parecer lo era porque las calles aparecían sembradas de ellas— se podía considerar que al juntarse formarían una alfombra que cubriría varios países, si en cada ciudad se apilaran llenarían el estadio local, y si se colocaran a un metro de distancia una persona podría dar cinco veces la vuelta al mundo pisando de filtro en filtro.

Por el hecho de resultar prácticamente indestructibles, su número iría en imparable aumento y lo peor no estribaba en la simple anécdota de su fealdad, el espacio que ocupaban o la suciedad que generaban; lo peor estaba en el terrible daño que causaban.

Observó de nuevo a los tres sicilianos que le observaban a su vez con el aire de quien tan solo espera una orden para apresurarse a cumplirla, y tras fruncir el ceño y adoptar un tono duro y aparentemente autoritario, se limitó a inquirir:

—¿Me dejaréis seguir llevando el timón...?

La pregunta era tan infantil e inoportuna, que Enzo no pudo por menos que tirarle a la cara el trapo con el que se había limpiado las manos tras engrasar el motor.

—¡Si serás *mascalzone*...! —exclamó furibundo—. ¿Cómo pudo mi hermana enamorarse de un tipo como tú?

—Porque son iguales... —le aclaró su padre—. ¿Qué hubiera dicho ella en una situación semejante...? Evidentemente un disparate semejante. ¡No quiero ni imaginar cómo hubieran salidos sus hijos...!

Una de las cosas que más le molestaba, y tal como solía ocurrirle a la mayoría de la gente, era que le tomaran por imbécil.

Pasado el primer momento de estupor ante la aparición de la noticia sobre el salvaje asesinato de que acusaban a su mejor amigo, apenas tardó unos minutos en comprender que alguien se había pasado de listo al entrar en casa de Roman, apoderarse de su tarjeta de socio de un club de tenis, asesinar a una chica y tener la osadía de dejar dicha tarjeta en el lugar de los hechos.

Se trataba de una auténtica chapuza, sobre todo a los ojos de alguien como él que sabía perfectamente que Roman Askildsen se había vuelto un vago en cuanto se refiriera a hacer deporte y hacía por lo menos tres años que no pisaba una cancha de tenis.

La tarjeta constituía una prueba estúpida, por lo que lo único que se debía tener en cuenta era el testimonio del dueño del burdel.

Ni siquiera se molestó en intentar averiguar por qué se había prestado a declarar con tanta rotundidad que había reconocido a alguien a quien, según él mismo admitía, tan solo había visto un mes atrás, y en una foto de un periódico.

Afortunadamente Mark Reynols no necesitaba mezclarse en turbios manejos de bajos fondos, prostitución o drogas, porque de algo servía haber tenido como padre a un canalla.

Se limitó a telefonear a Hugo Swan y exponerle el problema.

Y es que Hugo Swan no solo era un maldito traficante de armas, sino el mayor hijo de puta que había nacido en las últimas décadas; un redomado cabrón que lo mismo vendía cañones a los kurdos que tanques a los islamistas, gracias a lo cual debía parte de su fortuna a la falta de escrúpulos de sir Leonard Reynols.

Se le antojaba poco digno recurrir a semejante personaje, pero su padre le había enseñado que cuando disparaban con ametralladoras se debía responder con bazucas, y cuando disparaban con obuses se debía responder con bombas. A ser posible atómicas.

—¿Qué ganaré yo...? —fue la lógica pregunta de quien nunca había dado algo a cambio de nada.

—Hay un barco en algún lugar del Índico que transporta seis contenedores con tres mil Rey/Kraff-312. Pensaba tirarlos al mar porque he decidido dejar el negocio, pero si me ayuda a solucionar este asunto podrá quedárselos. —Hizo una pausa antes de añadir—: Será nuestro último trato.

—¿Qué piensa hacer con las fábricas?

—Cerrarlas.

—¿Y qué hará con el personal?

—De momento mandarlo de vacaciones; luego ya veré.

—Le puedo comprar alguna.

—No están en venta.

—¡Lástima...! Tendré que buscarme otros proveedores.

—Abundan.

—Cierto... —El hombre al otro lado de la línea pareció dudar, pero al fin señaló—: No es mi intención ofenderle, pero a menudo me pregunto si en realidad es usted hijo de sir Leonard.

—No es una ofensa; más bien lo considero un halago.

—Lo suponía. Le llamaré.

A la noche siguiente, tres hombres, que en apariencia pretendían pasar un buen rato en compañía de chicas serviciales, irrumpieron, riendo y alborotando, en un burdel de las afueras de Marsella, pero en lugar de solicitar los servicios de las predispuestas pupilas, optaron por llevarse al propietario del local.

Nunca volvió a saberse de él.

Dos días más tarde, un hombrecillo de aspecto inofensivo que desayunaba en una cafetería del centro de Bruselas advirtió cómo le colocaban el cañón de un arma en la nuca y le «invitaban» a que subiera al automóvil que acababa de detenerse ante la puerta.

Nunca volvió a saberse de él.

Aquellos que habían actuado con la prepotencia que proporcionaba una absoluta falta de escrúpulos y un total desprecio por la vida o el dolor ajenos se horrorizaron al descubrir que existían individuos mucho más violentos, y que además eran capaces de torturar con una habilidad y un refinamiento dignos de mejor causa.

Y ninguno de los torturados era ciertamente un héroe o un patriota al que su valor o su conciencia obligaran a guardar silencio hasta más allá de la muerte; tan solo eran delincuentes a los que en cuanto comenzaron a despellejar vivos se apresuraron a contar con pelos y señales cuanto sabían acerca del asesinato de una infeliz prostituta marsellesa.

Aquella era sin duda una larga cadena, pero ninguno de sus eslabones se había visto sometido nunca a tamaña presión por lo que cada interrogado proporcionó un nuevo nombre, pese a lo cual una noche Hugo Swan telefoneó a Mark Reynols con el fin de comunicarle:

—Creo que vamos bien, pero este asunto resulta bastante más complicado de lo que suponía, y su amigo debe continuar oculto porque hay muchos aspirantes a embolsarse un millón de dólares.

—¿Pero por qué...? —se lamentó su interlocutor, incapaz de entender la razón de semejante persecución y semejante suma—. ¿Qué ha hecho Roman para que le acosen de este modo?

—Pregúnteselo a él porque nadie lo sabe y a los que pretenden cobrar la recompensa tampoco les importa. Continuaré trabajando, pero existe una forma mejor de acabar con este asunto.

—¿Y es...?

—Ofrecer dos millones a quien elimine al que ha ofrecido ese millón.

—¡Loado sea Dios! —se asombró Mark Reynols

llevándose las manos a la cabeza con lo que se le escurrió el teléfono—. ¿Se ha vuelto loco?

—Locos están los otros; yo solo me gano la vida.

—¿No comprende que se podría iniciar una escalada interminable? El que ofreció la primera recompensa duplicaría la oferta por liquidar a quien ha ofrecido la nueva recompensa y entonces tendría que doblar a mi vez la oferta. Y así hasta el infinito.

—En ese caso al primero le resultaría más caro porque tendría que pagar por usted y por su amigo. Pero no se inquiete; lo más probable es que al ver su cabeza en juego se retire.

Era un razonamiento lógico dentro de lo absurdo de la situación, pero no parecía ofrecer suficientes garantías.

—¿Y si no se retira?

—Continuaré apretando tuercas hasta que lo encuentre, pero llevará tiempo y se derramará sangre. Consúltelo con la almohada y mientras tanto procure que esos Rey/Kraff-312 lleguen a puerto porque me los habré ganado a pulso.

A ratos se arrepentía de haber llegado a tan ignominioso acuerdo, y a ratos se alegraba.

Le mortificaba pensar en el daño que causarían los subfusiles que había prometido entregar, debido a que desde que tenía uso de razón le había mortificado pensar en el daño que causaban las armas que su familia fabricaba desde hacía siglos.

Miles, probablemente millones de cadáveres, se habían ido a la tumba llevando en su interior una bala o un trozo de metralla marca Reynols & Kraff, y como el último Kraff había fallecido setenta años atrás, cuantos habían muerto desde ese día tan solo podían maldecir su apellido.

Sopesaba hacía tiempo la idea de utilizar únicamente el apellido de su madre, pasando a figurar tan solo como Mark R. Stevens, lo cual le acarrearía muchos problemas burocráticos, pero también muchas satisfacciones.

Nadie debería renegar de su padre a no ser que ese padre se hubiera enriquecido con sangre inocente, el suyo se había sumergido en auténticas piscinas de sangre inocente, y por dicha razón no tenía el menor reparo en renegar de quien ni siquiera en su lecho de muerte había dado muestras de arrepentimiento.

Mark Reynols nunca había sido un hombre creyente, pero en ocasiones deseaba que existiera otra vida con un cielo y un infierno, para que quien le había engendrado pudiera sufrir el castigo que merecía.

No obstante, cuando se detenía a meditar con serenidad sobre tan desagradable tema llegaba a una lógica conclusión: semejante escoria, ya en periodo de putrefacción, no merecía que volviera a dedicarle un solo pensamiento, y lo mejor que podía hacer para demostrarle su desprecio era intentar paliar de alguna forma el mal que había causado.

Por desgracia sabía que no hubiera conseguido su objetivo ni con cien vidas que viviera, y una fortuna mil veces mayor que le hubiera dejado en herencia.

No obstante, un buen primer paso era cerrar las fábricas evitando que más cadáveres se fueran a la tumba con su firma.

El segundo, y más urgente, era evitar que asesinaran a quien le había brindado tan magnífica idea.

Necesitaba «consultar con la almohada» la arriesgada propuesta que le había hecho Hugo Swan de doblar la recompensa, por lo que ordenó que a la mañana siguiente estuviera dispuesto el *jet* privado de Reynols & Kraff, pero despojándole previamente —y para siempre— del logotipo de dos cañones cruzados bajo las siglas RK.

Le provocaba náuseas.

Aterrizó en Niza a media tarde, un helicóptero le llevó en cuestión de minutos a Cannes, se instaló en una *suite* del Majestic, se duchó, se tomó una copa con el fin de tranquilizarse, y en cuanto oscureció abandonó el hotel mezclándose con la multitud que aguardaba la llegada de las estrellas que asistirían a la gran gala de inauguración del Festival.

Echaba de menos tanto a Roman como a Giovanni.

Echaba de menos muchas otras cosas, puesto que aunque el decorado fuera el mismo, era otro el ambiente, como si la decadencia del cine hubiera empañado las fachadas de los edificios, el brillo de los focos, e incluso la brillantez de la alfombra roja.

Se desvió por callejuelas deteniéndose de tanto en tanto a comprobar que nadie le seguía, y al verse reflejado en un escaparate advirtió que estaba poniendo cara de fugitivo por lo que no pudo evitar mascullar entre dientes:

—¡Si seré gilipollas...!

Pero aunque se estuviera comportando como un gilipollas no lo era; tan solo era alguien al que le sobraban motivos para asustarse.

Estaba a punto de entrar en el pequeño pero exclusivo restaurante en que Giovanni había pronunciado su famosa frase, cuando un hombretón de aspecto rudo se interpuso en su camino inquiriendo en un inglés catastrófico:

—¿El señor Mark Reynols? —Ante el mudo gesto de asentimiento, añadió como si lo recitara de memoria—: Venga conmigo; soy hermano de Sandra Castelmare.

Fue como si el mayor de los focos del festival le hubiera iluminado de repente por lo que exclamó incapaz de contenerse:

—¡Maldito Roman! ¡Qué jodido...! Ahora me lo explico.

Enzo se limitó a hacerle un gesto indicándole que no había tiempo que perder por lo que bajaron a la playa donde les aguardaba una barca.

—Mi hermano Paolo.

—Tanto gusto.

—*Piacere...*

No se dijeron más, puesto que aunque desearan decirlo de poco les servía, y el menor de los Gravi se limitó a remar vigorosamente sorteando los gigantescos yates y cruceros turísticos que se encontraban fondeados esa gran noche en la bahía de Cannes.

Pese a ser inglés, el mar no era lo suyo, nunca lo había sido, por lo que a punto estuvo de caer al agua en el momento de trepar a *La Bella de Castelmare* y si no lo hizo fue porque el fornido Enzo le aupó empujándole sin la menor consideración por el trasero.

XIII

—Según aseguran sus fabricantes, los filtros retienen casi el sesenta por ciento de la nicotina, alquitrán, amoníaco, cadmio y demás productos tóxicos destinados a depositarse en los pulmones de los fumadores y que ahora se quedan en unas colillas que esos mismos fumadores tiran donde les apetece...

Los Gravi, que no entendían una palabra de inglés, habían preparado una pantagruélica cena a base de ensaladas, pasta y pescado fresco, optando por dejarles a solas, bajando a tierra a disfrutar por primera vez en su vida del ambiente cosmopolita de una ciudad, que se había convertido en aquellos días en un lugar aún más cosmopolita ya que se encontraba invadido por docenas de jovencitas aspirantes a convertirse en estrellas de cine.

—¿...Y por lo tanto, indirectamente, traspasan esos

productos tóxicos a quienes nunca han fumado? —completó la frase Mark Reynols.

—Esa es, por desgracia, la misión de los filtros; ya que no se fabrican con la intención de eliminar los efectos nocivos del tabaco, cosa que a la larga se ha demostrado imposible, sino con la intención de desviar los daños con la disculpa de minimizarlos.

—Y al parecer lo que se ha conseguido no es minimizarlos, sino aumentarlos.

—Ni más, ni menos; sustancias venenosas que se habrían quedado en los pulmones de los fumadores, o diluyéndose en la inmensidad de la atmósfera, se han concentrado a ras del suelo, por lo que permanecerán para siempre a nuestro alrededor. No hay forma humana de deshacerse de ellas, tarde o temprano van a parar a las cloacas, los ríos y los mares, y penetran en la cadena alimenticia en forma de filete de atún o zanahorias.

—¿Es eso lo que pretendía decirte Simon al enviarte la colilla? —quiso saber Mark Reynols.

—Supongo que sí. Siempre me preguntaba cómo era posible que Alicia, una mujer fuerte y sana, que se cuidaba con la ilusión de ser madre, se hubiera ido de este mundo en un abrir y cerrar de ojos. Lógicamente yo no tenía respuesta, e imagino que debió plantearse las razones por las que había ocurrido, y que además estuviera ocurriendo con tanta frecuencia.

—El cáncer se ha convertido en la plaga de nuestro siglo.

Roman Askildsen bebió un poco del áspero pero excelente vino «de las viñas del primo Aldo», antes de admitir:

—Cierto, y cierto que suele decirse que se debe a que «de algo tenemos que morir», visto que la medicina ha avanzado mucho, pero esa sería una tesis válida si únicamente murieran ancianos. Por desgracia, millones de personas demasiado jóvenes están contrayendo tumores de hígado, próstata, huesos o colon, y el cáncer provoca tanto miedo que algunas mujeres se han extirpado los pechos e incluso los ovarios.

—Un poco exagerado se me antoja... —señaló el inglés—. Cada cual es dueño de su cuerpo, pero si por miedo se lo va cortando a trozos corre el riesgo de acabar mal de la cabeza... —reflexionó unos instantes y al poco añadió—: Aunque admito que ver como el maldito mal nos rodea produce una cierta psicosis.

—Incluso los tumores infantiles aumentan en proporciones inimaginables —insistió el otro al tiempo que, cosa en cierto modo incongruente dado el cariz de la conversación, encendía un cigarro habano—. Un reciente estudio afirma que uno de cada dos niños que nazcan en estos momentos morirá antes de cumplir los treinta años, bien sea de leucemia o por culpa de cualquier tipo de cáncer.

—He leído ese estudio...

—Pues si lo haces con detenimiento advertirás que el cáncer no se ha convertido en una «última frontera» que debemos atravesar antes de bajar a la tumba, sino en el primer obstáculo con el que nos encontramos desde que nos colocan en la cuna.

—¿Y supones que tiene algo que ver con los filtros?

—No soy quien para asegurarlo, pero Simon era un hombre extremadamente meticuloso que llevaba mucho tiempo estudiando el tema, y por lo que Gloria me contó lo anotaba todo en una libreta. Algo debe de haber.

Mark Reynols, que al principio de la charla había escuchado con profunda atención cuanto le había contado sobre la inmensa cantidad de colillas que contaminaban el planeta, lanzó un grosero reniego, cosa poco habitual en él, y tras hurgarse la oreja con el dedo meñique como si estuviera buscando una idea, cosa también poco habitual en él, inquirió:

—¿Crees que alguien averiguó lo que estaba investigando y le mató por eso?

—Lo único que creo es que probablemente estaba trabajando con su tozudez habitual, que le atacaron, y que con su último aliento pidió que me enviaran una colilla... —Roman Askildsen agitó repetidamente la cabeza como si lo que iba a decir no tuviera vuelta de hoja—: Conociéndole deduzco que debe existir una relación, aunque por inepto haya tardado demasiado tiempo en encontrarla.

—No debes culparte —le hizo notar el otro—. Tampoco yo le encontraba sentido. E imagino que nadie.

—Pero lo tiene. ¿O no...?

—Ahora que lo has dicho lo tiene, pero podría haberme pasado años sin verlo.

—Lo dudo porque te considero un hombre inteligente, y cualquier persona inteligente habría acabado llegando a mi misma conclusión, si es que es correcta, cosa de la que de momento no me siento capaz de asegurar. Utilizando únicamente el ordenador de a bordo no he conseguido reunir información lo suficientemente fiable.

—¿Y cómo esperas conseguirla?

—No tengo ni idea... —fue la sincera respuesta—. Simon era disciplinado, metódico, e incapaz de dar un paso sin saber con exactitud hacia dónde se dirigía, mientras que yo he llegado al punto al que supongo que él quería que llegara sin ninguna base científica.

—Tal vez pueda ayudarte.

—No sabía que entendieras de medicina.

—Y no entiendo, pero conozco a quien entiende: Berta Muller.

—¿Quién...? —se asombró.

—Berta Muller.

—¿La misma Berta Muller a la que vamos a poner a parir en una serie de televisión? —continuó asombrándose—. ¿La arpía?

—La misma. Ahora es la coproductora de *Ébola*, que por otra parte ya no es una serie de televisión sino una película. —Mark Reynols se lo tomó con calma, consciente de que lo que iba a decir resultaba poco creíble—: Resulta que Berta se ha hecho amiga de Sandra, por lo que está decidida a...

Roman Askildsen escuchó pacientemente el relato del cúmulo de curiosos acontecimientos que habían tenido lugar durante el tiempo que había permanecido a bordo de *La Bella de Castelmare*, y lo único que no le sorprendió fue la peregrina forma con que una disparatada actriz italiana había conseguido meterse en el bolsillo a una calculadora empresaria luxemburguesa.

—Si por alguna injusta razón Sandra acabara en el infierno, conseguiría que Satanás lo convirtiera en un *spa*, con sauna y masaje incluidos. ¡Y pensar que la dejé escapar! ¡Cretino; que fui un auténtico cretino!

—Estoy de acuerdo en que fuiste un auténtico cretino, pero quien escapó no fue ella, sino tú... —le contradijo el inglés—. Sabes muy bien que no hubieras aguantado mucho tiempo como marido-florero de una estrella de cine de semejante fulgor. Sandra es de las que calientan al más frío, pero si continúan mucho tiempo a su lado lo abrasan. A ti te tostó lo justo sin llegar a chamuscarte.

—La echo de menos —fue la sincera respuesta pese a que no hubiera existido pregunta previa—. Los años que pasé con ella fueron los más felices de mi vida.

—Lo malo que tiene la felicidad es que nunca se disfruta lo suficiente cuando se tiene y siempre se echa de menos cuando se ha ido. —El inglés le golpeó afectuosamente el antebrazo al añadir intentando animarle—: Y aún estás a tiempo de pedirle que se case contigo. Cada día está más guapa.

—Sí, pero cada día es más lista.

—Eso también es cierto.

Como para confirmar sin lugar a dudas semejante aseveración, al día siguiente golpearon a la puerta, y cuando Mark Reynols abrió se encontró frente a quien cada día estaba más guapa y era más guapa y más lista, seguida de un botones que empujaba un carrito cargado de maletas.

Se limitó a echarle a un lado sin el menor miramiento, e indicar con un gesto a quien le acompañaba que dejara el equipaje en el dormitorio, mientras indicaba:

—Te toca dormir en el sofá.

—¿Pero a qué viene semejante invasión? —se lamentó—. Deberías estar trabajando.

—Me he tomado unos días libres. Dale una buena propina al chico. Es un encanto.

Obedeció y en cuanto se quedaron a solas, inquirió:

—¿Se puede saber qué mosca te ha picado? Que yo sepa es la primera vez que faltas a un rodaje.

—Y también es la primera vez que descubro que un cerdo a quien consideraba un amigo es un falso, un mentiroso y un cabrón.

Mark Reynols se encontraba ciertamente desconcertado sabiendo que quien le trataba de un modo tan desconsiderado no estaba actuando.

Tomó asiento en el lugar que encontró más a mano, el brazo del sillón, aspiró profundo intentando serenarse e inquirió con cierta timidez:

—¿Te importaría aclararme a qué viene semejante actitud?

La italiana se aproximó al ventanal y oteó el horizonte al tiempo que señalaba:

—Viene a que a estas alturas deberías saber que soy mucho más inteligente de lo que me gusta aparentar.

—Nunca lo he dudado, puesto que nadie puede ser tan estúpida como te gusta aparentar.

—Respuesta acertada. Hace días que intento comunicarme con *La Bella de Castelmare* porque mi madre llora a moco tendido temiendo que se encuentre salvando inmigrantes... —Se interrumpió con el fin de acomodar las rosas de un jarrón porque los mejores directores le habían enseñado cuáles debían ser los ritmos cuando se pretendía mantener la atención, y tras humedecerse los labios añadió—: Como tengo amigos en todas partes, conseguí que uno de esos malditos satélites que nos vigilan incluso cuando meamos, lo localizara y, ¡oh mi sorpresa!, me comunicaron que *La Bella de Castelmare* se encuentra fondeada en la bahía de Cannes, más o menos por allí, detrás de aquel horroroso crucero griego. —Hizo una nueva pausa con el fin de tomar aliento antes de inquirir retadoramente—: ¿Comprendes ahora por qué te considero un cabrón, un mentiroso y un mal amigo? Te consta que vivo angustiada por lo que pueda haberle ocurrido a Roman.

—No supe que se había escondido en el barco de tu padre hasta que llegué aquí —se disculpó el inglés—. ¡Te lo juro!

—Pero sabías que estaba a salvo porque de lo contrario no habrías venido. Eres un cerdo —pareció masticar las palabras al repetir haciendo resonar los dientes—: «Un auténtico cerdo.» Y Roman otro cerdo, pero condenadamente astuto. ¡Debí imaginármelo...! Sabía que mi familia le aborrecía porque nunca nos casamos, pero que no le delatarían porque somos sicilianos.

—Entiendo; la famosa ley del silencio de la mafia. ¡La *Omertà*!

—¡La polla en vinagre...! —fue la brutal y vulgarísima respuesta de quien parecía haber perdido cualquier rastro de educación—. ¿A qué coño viene esa bobada de la *Omertà*...? La mía no es una familia de mafiosos, sino de pescadores, y cuando alguien le pide a un pescador que le salve la vida, se la salva incluso arriesgando la suya. ¿Tanto te cuesta entenderlo, maldito cabrón?

—¡Ya está bien, Sandra! Para un poco... —protestó el abochornado Mark—. Yo solo he hecho lo que me han pedido; si quieres enfadarte con alguien, enfádate con tu padre que sabía que Roman estaba a bordo, pero no te lo dijo.

—Ese también me va a oír... —Pareció calmarse como por ensalmo, salió a la terraza oteando de nuevo el horizonte como si intentara distinguir la diminuta silueta de *La Bella de Castelmare*, y cambiando el registro de voz añadió convencida—: Aunque si le digo al viejo cómo tiene que gobernar su barco me arrea un bofetón que no podré rodar primeros planos en diez días.

—Y con razón...

—O sin ella; le da igual; si le levanto la voz, me atiza.

—¿Aunque seas *la Divina* Sandra?

—Aunque fuera La Divina Comedia... ¡Menudo es!

Se apoyó en la barandilla, observó a cuantos aguardaban con infinita paciencia la llegada de las estrellas invitadas al Palacio del Festival y acabó por indicarle que se acomodara a su lado mientras señalaba:

—Y ahora que nadie puede oírnos cuéntame de qué va todo esto porque no me entero de nada.

Su productor y amigo se esforzó a la hora de ponerle al corriente de cuanto ocurría, pese a que, a decir verdad, tampoco tenía demasiado claro por qué cúmulo de absurdas circunstancias las cosas habían llegado a tal extremo. Una mujer había muerto a causa de un tumor fulminante, y esa no fue una noticia que mereciese tres líneas en un periódico a no ser que se tratara de una mujer realmente famosa.

No lo era, y por lo tanto, y a semejanza de la antigua leyenda, parecía tratarse del clavo que al romperse hizo que se perdiera una herradura, la herradura que se perdiera un caballo, el caballo que se perdiera un general, el general que se perdiera una batalla y la batalla que se perdiera un imperio.

Auténtica mala suerte.

Aunque la leyenda nunca había puntualizado que, en realidad se trató de un caso de auténtica buena suerte, puesto que el emperador derrotado era un maldito tirano y que de haber ganado aquella batalla, tres generaciones habrían acabado sufriendo la más feroz de las dictaduras.

Continuaron allí, tratando de reconocer a algunos

de los «compañeros de trabajo» que se encaminaban con sus mejores galas al Palacio del Festival, y tratando al mismo tiempo de buscar una solución al difícil problema que tenían entre manos, hasta que sonó el teléfono y Mark Reynols escuchó una voz que empezaba a conocer demasiado bien:

—Han doblado la recompensa.

Se quedó helado por lo que apenas alcanzó a balbucear dejando a Sandra en la terraza y regresando al salón:

—¡No es posible!

—Lo es; la han subido a dos millones, y le aseguro que incluso a mí me tienta porque para cargarme a su amigo tan solo necesito una bala, mientras los Rey/Kraff-312 gastan muchas.

—¿Bromea?

—¡Naturalmente...! En este oficio lo único que realmente tiene valor es la palabra dada y le di la mía. ¿Consultó con la almohada?

—A partir de ahora dormiré en un sofá y no tendré almohada; solo un cojín. ¡Perdón...! Es una estupidez que no viene al caso pero es que todo se pega... ¿Qué me aconseja?

—Eso depende de lo que aprecie a su amigo.

—Si he decidido pagar a obreros por no hacer nada, más decidido estoy a gastarme el dinero en esto, sobre todo ahora que empiezo a comprender de qué va.

—Me vendría bien saberlo.

Mark Reynols dudó unos momentos y quien se encontraba al otro lado de la línea pareció admitir que le sobraban razones por lo que se limitó a esperar hasta que le llegó una escueta respuesta:

—Tabaco y filtros.

Ahora fue Hugo Swan el que tardó en hablar como si necesitara tiempo para sopesar el significado de tales palabras.

—Poderosas industrias, a fe mía —admitió—. Cabronazos de colmillo retorcido porque mueven tanto dinero como las armas o las drogas.

—¿Le asustan?

—Digamos que me inquietan, pero la inquietud forma parte de mi oficio. Lo positivo estriba en que sus ejecutivos están acostumbrados a litigar, pero no a que les peguen un tiro. Por lo general no les gusta.

—Supongo que a nadie le gusta.

—Lógico, pero cuanto más dinero tienes menos te apetece... —Hugo Swan guardó silencio un momento, pareció comprender que estaban perdiendo el tiempo en una charla que a nada conducía, y se decidió a ir al grano—: Usted decide. ¿Continuamos por mi camino o dobla la oferta?

—Alguien ha cometido un grave error y debe entender que no se puede ir por el mundo asesinando chicas y poniendo precio a las cabezas sin atenerse a las consecuencias. Doblo la oferta.

Al día siguiente la noticia corrió por los bajos fondos de todos aquellos lugares en los que existían bajos fondos, que eran la mayoría.

Llegó incluso a oídos de la policía, donde alguien con sentido común comenzó a preguntarse por qué razón se generaba semejante escalada de violencia relacionada con el asesinato de una pobre prostituta marsellesa.

Y que aquel a quien habían acusado con tan escasas pruebas y tanta premura no podía tener el don de la ubicuidad estando al mismo tiempo en todas partes y en ninguna.

—Esto no es Dinamarca... —comentó dos días más tarde un alto cargo de la Interpol que no tenía un pelo de tonto aunque pocos de los normales—. Pero que huele a podrido, huele a podrido.

Y razón tenía al aludir a Shakespeare, puesto que el acusado, que en efecto no tenía el don de la ubicuidad, continuaba sin moverse de *La Bella de Castelmare*, limitándose a contemplar, desde lejos y con evidente nostalgia, una de las ciudades que más le gustaban y precisamente en los días que más le gustaba: Cannes durante su Festival de Cine.

Hubiera dado cualquier cosa por asistir a los estrenos y a las galas; cualquier cosa menos su única vida, por lo que se limitaba a jugar al Monopoly con los Gravi, el menor de los cuales, Paolo, parecía haberse laureado en una escuela de negocios internacional, puesto que ganaba siempre.

Su padre se indignaba porque desde que tenía siete años les desplumaba a todos, incluida su temperamental hermana, quien en más de una ocasión había terminado lanzando el tablero por los aires.

—¡Maldito crío! —solía exclamar—. ¿Cómo puede ser tan ignorante y un genio a la hora de comprar casas y hoteles?

—Es que tiene mucha suerte... —se lamentaba Enzo.

—No es suerte; es un don. Compra cuando nadie compraría, vende cuando nadie vendería y nos engaña a todos.

Pero tener un don para jugar al Monopoly y engañar a la gente de nada le servía a quien no se dedicaba a la política, y don Salvatore Gravi había advertido a sus hijos que si algún día se les ocurría la peregrina idea de militar en un partido político, fuera el que fuera, los convertiría en carnada para peces.

En Castelmare, cuna de reputados mafiosos, aún se recordaba la macabra historia de Tonino, un humilde pescador que había visto cómo el poderoso capo local, Don Fabricio, le había pegado un tiro a su único hijo por el simple hecho de haber devuelto una sonrisa a su provocativa esposa.

El apocado Tonino no solo no recurrió a la justicia, lo cual sabía que resultaba inútil, sino que tomó la humillante costumbre de llevarle al capo los mejores meros que capturaba con el fin de aplacar su ira.

Al cabo de tres años, el hijo de Don Fabricio desapareció, y la policía no se molestó en buscarle considerándolo parte de la eterna y sangrienta Guerra Castellmarense.

Tonino y su mujer emigraron, nadie supo dónde, pero al poco Don Fabricio recibió una carta en la que el pescador le comunicaba que había cortado al chico en pedacitos con los que había ido alimentando a los meros que mantenía en un vivero, y que por lo tanto él como su provocativa esposa se habían comido parte de su hijo.

Debido a ello, cuando los padres amenazaban con convertirlos en carnada, los niños del pueblo, se lo tomaban muy en serio.

Al impresionado Roman Askildsen se le habían puesto los pelos de punta la noche en que los Gravi le contaron la espeluznante historia, no solo por el hecho de considerar que semejante forma de actuar resultaba absurda, ya que las verdaderas víctimas no habían tenido culpa de la prepotencia o el rencor de sus padres, sino sobre todo porque era una clara muestra de hasta qué punto las injusticias volvían injustos a quienes no lo eran.

Y aquel era un disco rayado que sonaría eternamente.

Millones de Toninos y Don Fabricios nacían y morían sin haber aprendido la lección, y sus hijos sufrían las consecuencias de sus actos cuando aún les esperaba una larga y tal vez hermosa vida.

Ahora él mismo se encontraba allí, prisionero en un barco de apenas veinte metros, condenado a devanarse los sesos intentando averiguar por qué razón habían puesto precio a su cabeza.

Mark Reynols se había mostrado inusitadamente firme al respecto; bajo ningún concepto le permitiría bajar a tierra hasta que las cosas se aclararan o algún sicario decidiera embolsarse cuatro millones.

—Te quedarás a bordo porque no solo estás en peligro, sino que nos pones en peligro a todos —le había ordenado sin derecho a réplica—. Y como nadie debe relacionarnos con el barco, procura que lo de *Castel* sea ilegible; que se quede en *La Bella del Mar* que ya es bastante.

—¿Y qué dirán los Gravi?

—Son sicilianos, no estúpidos; explícales cómo está la situación y a los cinco minutos los verás ensuciando el nombre.

Así lo hicieron, en efecto, y como habían guardado los palangres en la bodega, a primera vista el barco tan solo era una de las muchas naves de recreo que pululaban por aquellas señaladas fechas frente a la Costa Azul.

El inglés había decidido no regresar de momento a bordo para evitar tener que volver a poner cara de fugitivo gilipollas mientras recorría callejuelas, y por su parte los Gravi lanzaban anclas en cuanto caía la noche y dejaban solo a Roman para ir a ver cómo una arrebatadora Sandra recorría la alfombra roja entre aplausos y gritos de admiración.

Nunca se aproximaban, pero ella los veía sin mirarles porque eran su padre y sus hermanos, estaban allí y con eso le bastaba.

XIV

Peter Morris tardó en hablar porque lo que iba a decir sería lo más importante que hubiera dicho nunca y sabía que no solo cambiaría su vida, sino la de muchísimas personas.

Por temperamento siempre había sido extremadamente discreto a la hora de exponer sus razonamientos y con el paso del tiempo, a medida que ascendió hacia la cúpula de su mastodóntica empresa, dicha discreción llegó a convertirse en tan legendaria que sus subordinados solían decir que únicamente la duración de sus silencios permitía barruntar lo que pensaba.

Había llegado a la presidencia sin pronunciar una palabra innecesaria o hacer un mal gesto, ni tan siquiera un rictus que indicara que algo le desagradaba, tan impasible como la oscura roca que le servía de pisapapeles, y que según contaban, aunque nadie era capaz de asegurarlo, provenía de un meteorito que había caído en Arabia miles de años atrás y del que también formaba parte la piedra negra que los musulmanes veneraban en La Meca.

Aquella roca parecía constituir su más preciada fuente de inspiración dado que solía acariciarla cuando se veía obligado a tomar decisiones comprometidas.

Pero en esa ocasión no la acarició, puesto que su decisión había sido tomada de antemano.

Alargó su silencio, con los fríos e inexpresivos ojos clavados en un visitante que intentaba no aparentar sentirse incómodo, pese a ser consciente de la importancia del momento, ya que si su principal competidor, el indiscutible líder del mercado, le había pedido que acudiera a visitarle, no al despacho, sino a su propia casa, no podía ser por una razón intrascendente.

—He mandado redactar ese informe... —se decidió a comenzar al fin su anfitrión en la que iba a ser la conversación más larga que hubiera mantenido nunca—. No es necesario que lo leas con atención porque sabes tan bien como yo que todo lo que contiene lo hemos negado durante años... —Aguardó a que su oponente hojeara la carpeta que tenía delante antes de añadir—: Pero ahora están asesinando gente, torturando a otros y ofreciendo millonarias recompensas, y sabido es que nuestro negocio ha provocado innumerables muertes, pero poco derramamiento de sangre. Ante tan incomprensible caos, que no solo nos puede salpicar sino incluso empapar, creo que ha llegado el momento de aceptar la veracidad de esos datos, aunque puntualizando que los considerábamos rumores sin la menor consistencia. No obstante ahora parecen haberse hecho realidad porque algún descerebrado se ha atrevido a superar todos los límites aceptables, y por lo tanto nuestro sentido de la responsabilidad nos obliga a actuar en consecuencia.

—Nos llevará a la ruina... —protestó su interlocutor con lo que más bien parecía un lamento que una auténtica protesta.

—Hemos soportado golpes muy duros, pero siempre conseguimos sobreponernos —le hizo notar sin abandonar el tono pausado y reflexivo que normalmente empleaba quien le había rogado que viniera a verle—: Pero si continuamos cerrando los ojos a la evidencia y alguien hace público ese informe asociándolo con los crímenes que se están cometiendo, corremos el riesgo de acabar, no ya en la ruina, sino en la cárcel. Bastaría con que alguien muy poderoso que hubiera perdido a un familiar considerara que tenemos parte de culpa por ocultar esas pruebas para que nos pudriéramos entre rejas.

—Contamos con los mejores abogados.

Ahora sí que Peter Morris decidió apoderarse del

pisapapeles y manosearlo como pidiéndole inspiración:

—Y ese a mi modo de ver es uno de nuestros mayores problemas —sentenció seguro de lo que decía—. Uno de los mayores. ¿Por qué crees que en las praderas africanas los buitres vuelan en círculo sobre los animales heridos...? ¿Para avisar a sus congéneres y que acudan a disputarles el almuerzo? ¡En absoluto! Un guía nativo me aclaró que lo que hacen es indicar a los leones el punto a que deben acudir con el fin de rematar a una presa de la que a la larga todos obtendrán provecho.

—Eso sí que no lo sabía...

—No tienes obligación de saberlo porque apenas conoces África, mientras que yo voy a cazar todos los años... —Hizo una de sus largas y famosas pausas, volvió a dejar el pisapapeles en su lugar, y como si aquella fuera una realidad indiscutible añadió—: Siento a esos buitres girando sobre mi cabeza, a muchos los conozco, puesto que los tengo en nómina, y me consta que están deseando «defenderme», aunque para defenderme necesitan que los leones me ataquen.

—¿Y temes que estén propiciando ese ataque?

—Conozco mi empresa del mismo modo que imagino que conoces la tuya, y tras un minucioso análisis he llegado a una amarga conclusión; a lo largo de la historia hemos pagado veinte veces más a nuestros abogados que a quienes nos demandaban. ¿Te habías detenido a pensar en ello?

—Alguna vez, y entiendo que lo peor del caso es que continuamos pagándoles con el único fin de evitar que nos demanden aunque nadie nos demande.

—Tú lo has dicho; este país ha acabado por convertirse en «los Estados Unidos de los Malditos Abogados», porque perdemos más tiempo en los tribunales que en fabricar coches y más dinero en buscar precedentes de sentencias que en buscar materias primas.

—¿Y qué propones?

—Adelantarnos a cualquier demanda declarando públicamente que, al conocer ese aterrador informe que nos ha cogido por sorpresa, pero de cuya fiabilidad no podemos dudar, hemos decidido dejar de fabricar cigarrillos con filtro.

—¡Dios Bendito! —se horrorizó su oponente—. ¡Nos costará una fortuna!

—Apenas la centésima parte de lo que hemos ganado en estos años; la disculpa de unos filtros que protegían la salud de los consumidores nos ha servido para ahorrar millones pero, a la vista de esos datos, se vuelve contra nosotros.

—¿Has calculado lo que significaría en términos económicos?

—Una pérdida de casi ochenta céntimos por paquete, y en mi caso unos tres mil millones a la hora de cambiar las máquinas... —Se tocó reiteradas veces la nariz como si tuviera intención de tapársela antes de lanzarse de cabeza al agua mientras añadía pesaroso—: A ello tendríamos que sumarle el coste de una campaña ecologista.

—¿«Una campaña ecologista»? —repitió incrédulo quien se sentaba al otro lado de la mesa—. ¿De qué diablos estás hablando? Somos «las putas tabacaleras»; el peor enemigo de los ecologistas.

—Y a mucha honra. Llevamos décadas luchando contra ellos, pero ahora vamos a apoyarlos en un noble y grandioso gesto de buena voluntad y respeto a la naturaleza. La campaña estará directamente dirigida a la conciencia de los fumadores, haciéndoles comprender que son los únicos responsables de su salud y pueden jugar con ella, pero no deben continuar traspasando sus desechos tóxicos a quienes no tienen culpa.

—¡Saldrán huyendo...!

—Algunos sí; los auténticos fumadores no. Y a esos les señalaremos que al fumar sin filtro no perjudican al medio ambiente ya que el poco papel y tabaco que dejarán no son contaminantes, mientras que la celulosa se mantiene inalterable durante décadas y acabará sepultando a la humanidad en lo que constituirá una especie de inmensa esponja impregnada de productos venenosos.

—¡Vaya...! Sabes cómo darle la vuelta a una tortilla.

—Será porque hace demasiado tiempo que remo a contracorriente. Esta será otra dura batalla, pero estoy dispuesto a encararla si tú también lo estás, porque entre los dos controlamos casi la mitad del mercado americano y no correré el riesgo de cambiarme al cigarrillo sin filtro si tú no lo haces. Me expondría a que aprovecharas la oportunidad para quitarme el liderazgo. —Peter Morris se limitó a acariciar con la punta del dedo su piedra fetiche observándola con fijeza mientras concluía—: Si trabajamos juntos mantendremos nuestras cuotas aunque los beneficios disminuyan, pero si nos enzarzamos en una guerra de marcas los buitres que hemos estado engordando se las ingeniarán para arrancarnos los ojos.

Quien escuchaba visiblemente afectado por las pésimas noticias dedicó más tiempo de lo que tenía por costumbre en analizar la propuesta, y dejó escapar una especie de ronco lamento al admitir:

—Tendría que reducir la producción porque no dispongo de suficiente tabaco a la hora de sustituir el espacio que ocupan los filtros.

—Ni yo... Pero si nos pusiéramos de acuerdo reduciríamos el tamaño del cigarrillo porque la mayoría de la gente está habituada a fumarse poco más de la mitad; la ansiedad les impulsa a encenderlos y dar unas cuantas caladas, pero pronto se calman y los tiran.

—¿En cuánto podríamos reducirlo?

—En un par de centímetros, pero no te preocupes; el tabaco se consigue sembrándolo, pero la tranquilidad de saber que no irás a la cárcel resulta mucho más difícil de obtener porque si alguien supiera sembrar semejante tipo de tranquilidad se haría rico.

—Tendría que consultarlo con mis accionistas.

—Debe ser un caso de hechos consumados, y pretendo hacerlo público la próxima semana.

—Puede costarme el puesto.

Resultaba evidente que su anfitrión había analizado a fondo todas y cada una de las alternativas de su proyecto.

—Y a mí —respondió con innegable sinceridad—. Pero me jubilo dentro de dos años y creo que tú dentro de cuatro. Si nos marcháramos ahora, nos iríamos con la cabeza alta, «orgullosos de nosotros mismos», y te garantizo que nos ganaríamos muy bien la vida dando conferencias sobre la necesidad de ser ejecutivos responsables fomentando así la ética en los negocios. Seguro que muchas empresas necesitadas de lavar su imagen nos ofrecerían un cargo.

—No es por nada... —fue la sincera respuesta—, pero con todos los respetos que me mereces, considero que se trata de un ejercicio de cinismo sin parangón en la historia del cinismo.

—¿Es que acaso no llevamos años siendo cínicos?

—Eso también es verdad; si lo hemos sido con el fin de no perjudicar a unas empresas que están a punto de jubilarnos, ¿por qué no vamos a seguir siéndolo para no perjudicarnos a nosotros mismos...? —La nueva pausa, más que pausa fue como una lucha interna, un forcejeo entre quien intentaba continuar aparentando ser el férreo presidente de la segunda tabacalera más importante del país y quien deseaba revelar el secreto que al parecer le atormentaba—: Aún no lo saben ni mis hijos... —se decidió a confesar—. Pero me han detectado un tumor en el hígado.

—¡Vaya por Dios! —no pudo por menos que exclamar un sorprendido Peter Morris—. Lo lamento.

—Pues no tienes derecho a lamentarlo, del mismo modo que no lo tengo yo. Aceptábamos que pudiera ocurrirle a millones de personas, pero creíamos que nunca seríamos una de ellas. —Sonrió con amargura al añadir—: Y también sabíamos que dispondríamos de los medios suficientes para comprarnos un hígado nuevo. Estoy buscando uno, pero resulta mucho más complicado de lo que imaginaba.

El otro le observó largo rato, se lo pensó, pero al fin consultó un fichero, apuntó en un papel un número de teléfono y se lo alargó:

—Limítate a decir que necesitas un carburador para un Ford Mustang de los años sesenta; te costará un millón de dólares y te las harán pasar muy mal trayéndote de aquí para allá sin garantías de éxito, pero hoy por hoy son los más fiables del mercado.

El *Moonriver* medía casi sesenta metros y contaba con una preciosa línea, pero no llamaba la atención cuando se encontraba atracado junto a yates de similar envergadura.

Y es que había sido diseñado, no como lugar de placer, sino de negocios, tan hermético que resultaba imposible identificar a sus visitantes aunque llegaran en coche, en lancha o en cualquiera de los helicópteros que a menudo se posaban en su plataforma de popa.

Podía tratarse de banqueros, ministros, dictadores e incluso presidentes democráticamente elegidos, pero nadie descubría su identidad, porque la principal razón de la existencia de la discreta nave era corromper sin testigos a quienes estuvieran dispuestos a dejarse corromper siempre que no hubiera testigos.

Y a la vista de los resultados cabía afirmar que debían ser legión.

Una escuálida ministra de Sanidad había abandonado el *Moonriver* cargando con una maleta repleta de bonos al portador tras haber autorizado la compra de más vacunas contra la gripe aviar que habitantes tenía su país, y cuando le preguntaron por la razón de semejante despilfarro se limitó a responder que en el momento en que la vacunas estuvieran a punto de caducar se las donaría a países que carecían de medios económicos.

Otros, sabiéndose menos impunes, se contentaban con las llaves de un Jaguar, un apartamento en primera línea de la playa, o un viaje a Bali, chicas incluidas.

Así había sido desde tiempo inmemorial, y así seguiría siendo a bordo de cualquiera de los innumerables yates que navegaban por la Costa Azul, pero Berta Muller parecía haberse cansado de un juego en el que siempre ganaba, puesto que ganar siempre llegaba a aburrir debido a la falta de alicientes.

No tenía hijos, por lo que sabía muy bien que cuanto había atesorado con tanto esfuerzo iría a parar a manos de unos primos que cuando la saludaban parecían estar susurrándole al oído:

«Muérete pronto, por favor, muérete pronto, que necesito un coche nuevo» o «Muérete pronto, por favor, muérete pronto, que me encanta tu collar de zafiros».

No era agradable sentir el aleteo de aquellas invisibles mariposas en las mejillas, y tras las tediosas e inevitables reuniones familiares de Navidad o Fin de Año, solía pasar algún tiempo intentando encontrar una forma sencilla y original de joder a cuantos evidenciaban tan absoluta falta de paciencia.

—Adopta a un niño... —le había aconsejado Sandra Castelmare la tarde en que se pusieron hasta las cejas de espaguetis a la putanesca—. O mejor una niña, porque un niño se vería rarillo luciendo tantas diademas y collares.

—No creas que no lo he pensado... —le había replicado con loable sinceridad—. Pero me asusta querer a alguien sabiendo que está en peligro porque no me fío de mis primos. Es lo malo que tiene el dinero; se convierte en el telón de fondo de todas las comedias y todas las tragedias.

—¡Cuando yo digo que tu vida es un bodrio...!

—¿Y tú por qué no has tenido hijos?

—Porque tomo la píldora... —Aguardó a que su interlocutora digiriese la inesperada, pero lógica respuesta, y al poco añadió—: Y porque tengo un padre, una madre, una abuela y dos hermanos a los que no les apetece heredarme. Me prefieren viva.

Quizá fue el momento en que Berta Muller decidió que valía la pena experimentar la sensación de saber que alguien la prefería viva.

O quizá no.

El aburrimiento y la apatía solían engendrar monstruos en quienes no eran esencialmente apáticos o aburridos, que también los había.

La luxemburguesa no era ni apática ni aburrida, pero había llegado a un punto en el que, tras demostrar lo increíblemente competente que era como presidenta de una poderosísima farmacéutica, necesitaba afrontar nuevos retos con el fin de demostrar que también podía ser competente en otros campos.

Producir una buena película tal vez fuera uno de ellos.

Incordiar a la poderosa industria tabacalera, otro mucho más arriesgado, pero de igual modo interesante, puesto que desde que Mark Reynols le había llamado pidiéndole que le ayudara con el tema de las colillas no podía evitar toparse con ellas a cada paso.

Tal como hubiera dicho Sandra Castelmare con su peculiar forma de expresarse: «Me están poniendo el mundo hecho unos zorros.»

Apenas tardó unos minutos en tomar la decisión de implicarse en lo que prometía ser un enfrentamiento apasionante, por lo que al oscurecer del día siguiente el *Moonriver* fondeaba en el centro de la bahía de Cannes, y pese a su tamaño no era más que uno entre tantos.

Media hora después, Sandra Castelmare y Mark Reynols subían a bordo y los recibió vistiendo un impecable uniforme de capitán al que tenía derecho porque había obtenido el título, aunque admitía que se armaba un lío a la hora de determinar que «babor» era el costado izquierdo, y «estribor», el derecho, por lo que en cuanto salían a navegar se colocaba en la muñeca una gruesa pulsera de oro con una *B*.

Tanto el título como el uniforme le habían costado un dineral, pero el primero colgaba en su despacho, enmarcado en plata y el segundo le quedaba muy «chic», ya que incluía una gorra con la visera ribeteada de diamantes.

Aquella noche se encontraba especialmente agitada, casi como una niña díscola que estuviera tramando una maquiavélica travesura, y cuando a los pocos minutos embarcó Roman Askildsen, le saludó como si fuera un galán, le retuvo la mano largo rato, y volviéndose a Sandra Castelmare, exclamó:

—¿De modo que este es tu ex novio...? ¡Qué guapo!

—Si te gusta puedes quedártelo... —fue la rápida respuesta muy propia de la siciliana—. Tengo muchos.

—¡No empieces!

—No empieces tú, que pareces un perro con lombrices. ¿Qué diablos te pasa?

—Estoy un poco nerviosa.

—Pues no nos habíamos dado cuenta, ya ves tú. Y me estás arruinando el papel porque sé hacer cualquier cosa menos mover el rabo.

Mark Reynols se vio en la obligación de interceder una vez más porque sabía por experiencia que cuando la luxemburguesa comenzaba a dar pie a Sandra Castelmare permitiéndole soltar majaderías, eran como el «augusto» y el «payaso» de un circo, aunque sin necesidad de haber ensayado previamente la escena.

—Tengo hambre —dijo—. Y cuando tengo hambre me pone de mal humor oír sandeces, sobre todo cuando estamos aquí por algo que le ha costado la vida a mucha gente. ¿Dónde se cena?

La dueña de la nave les hizo pasar a una estancia insonorizada y mientras cerraba la puerta a sus espaldas señaló:

—En ocasiones las negociaciones se prolongan durante horas y a la mayoría de los asistentes no les gusta que los camareros entren y salgan porque pueden irse de la lengua. Esto es «autoservicio».

No resultaba difícil «autoservirse» caviar, paté, jamón, ostras, langostas o todo tipo de quesos acompañados de los mejores vinos, en lo que constituía un fabuloso derroche gastronómico que demostraba hasta qué punto Berta Muller sabía agasajar a selectos invitados predispuestos a dejarse comprar.

Un estómago agradecido se mostraba mucho más propenso a ser generoso con el dinero público que un estómago insatisfecho, y lo cierto era que en aquel comedor había cambiado de manos muchísimo dinero público.

Nadie habría imaginado que las famosas «cloacas del poder» pudieran ser tan lujosas, pero lo eran.

—¡Bien...! —comenzó la anfitriona cuando comprendió que el apetito de quienes la acompañaban se iba calmando—. Hemos comenzado a recoger filtros, lo cual ha resultado bastante sencillo, puesto que lo auténticamente difícil es no encontrarlos, por lo que estamos analizando seis mil muestras de doce países de cuatro continentes debido a que no tenemos sucursal en Australia.

—Correré con los gastos... —señaló de inmediato el inglés, pero la despectiva mirada de quien ya no se mostraba en absoluto nerviosa, como si el hecho de acomodarse en la cabecera de la larga mesa le hubiera devuelto a su estado natural, le obligó a añadir casi avergonzado—: ¡Perdón...!

—Te ruego que no interrumpas con niñerías o no acabaremos nunca... —Berta Muller carraspeó, sorbió un poco de *champagne* como si intentara aclararse la voz, y tras mirarles uno por uno, continuó—: Aunque he puesto a todos mis analistas a trabajar, aún es pronto para sacar conclusiones, pero los primeros informes auguran lo peor.

Bebió de nuevo y se dirigió ahora directamente a Roman Askildsen al señalar:

—Tus cálculos sobre el consumo de cigarrillos y el número de filtros que se han ido acumulando son aceptables, pero si bien es cierto que las leyes antitabaco han reducido el consumo en algunos países, en otros el índice de consumo se ha disparado al mismo ritmo que se dispara el índice de natalidad.

—No había pensado en eso... —admitió el aludido.

—Pues resulta evidente; únicamente en lo que se ha dado en llamar «el primer mundo», se han puesto rígidas restricciones al tabaco, pero sus habitantes apenas constituyen una cuarta parte de la población mundial, y son precisamente los que menos se reproducen. —La luxemburguesa aguardó para que quienes la escuchaban tuvieran tiempo de asimilar cuanto pretendía decir—: No obstante... —añadió— en los países del «segundo o tercer mundo» las parejas suelen tener cuatro o más hijos, que de mayores tienden a imitar a sus padres, convirtiéndose en fumadores que engendrarán nuevos fumadores.

—¿Estás hablando de una progresión geométrica?

—Cabría expresarlo de ese modo. Por el tipo de sociedad acomodada en que viven, aquellos que han perdido el hábito de fumar disminuyen en número, y por lo tanto disminuyen los que dan un buen ejemplo a sus descendientes, mientras que los que sí tienen ese hábito en sociedades más pobres se multiplican...

Sandra Castelmare, que, cosa rara, se había limitado a escuchar, alzó la mano con el fin de comentar:

—No pretendo decir una insensatez, pero Richard aseguraba que muchos cristianos hemos renunciado a tener hijos porque se necesita un gran esfuerzo a la hora de criarlos y proporcionarles una buena carrera. Sin embargo, a los musulmanes, que se limitan a enviarlos a las madrasas, les encanta tenerlos, por lo que llegará un momento en el que una religión devorará a la otra por una simple cuestión matemática.

—No se trata de ninguna insensatez, querida; es el resultado lógico de un crecimiento positivo contra un crecimiento negativo. Admito que me diviertes cuando sueltas alguna de las tuyas, pero no es este el momento... —Extrajo de un cubo con hielo otra botella de *champagne*, le pidió a Mark Reynols que la abriera, aguardó a que le sirviera, y tras probarlo y aprobarlo con un gesto, añadió—: Pero ahora no se trata de cuánto aumentará el consumo de tabaco, sino de cuánto aumentará el consumo de filtros que están asociados a él, porque es ahí donde radica el auténtico problema.

Alzó la mano, como pidiendo que le dieran tiempo para tomar aire antes de seguir, y sacando una hoja de papel del bolsillo superior de su elegante uniforme, la consultó antes de añadir:

—Según parece, un fumador medio lo hace durante unos veinte años, consumiendo unos seis cigarrillos diarios, con lo que nos ha dejado «como regalo» unos cuarenta mil filtros, y eso quiere decir que si en este lugar y en este momento nos los tiraran encima nos cubrirían casi por completo.

—¡Pues vaya un regalo...!

—Y lo malo no está en que nos enterrarían, sino en que si los exprimiesen hasta extraer todo su contenido, el jugo resultante bastaría para envenenar a toda mi tripulación.

Se hizo el silencio.

Tan solo un espeso silencio era capaz de expresar lo que sentían quienes se veían a sí mismos enterrados bajo una montaña de hediondas colillas que les impregnaban de pringosas sustancias tóxicas.

Lo único que podían hacer era mirarse los unos a los otros y beber.

Unos bebían *champagne*, otros bebían vino, y otros bebían *brandy*.

El silencio se prolongó hasta que Berta Muller sentenció:

—Pero eso no es lo peor.

XV

Peter Morris extrajo un sobre del cajón central de su escritorio, lo colocó sobre la mesa, muy cerca de la piedra que le servía de amuleto, y señaló en su habitual tono monocorde:

—Por lo que me han dicho tan solo contiene un nombre, pero no quiero saberlo y ni siquiera te voy a entregar el sobre personalmente; tendrás que cogerlo tú mismo y abrirlo cuando hayas abandonado el edificio porque de ese modo nunca podrán implicarme en este enojoso asunto... ¿Entiendes mi posición?

—Lo intento.

—¡Bien...! Mi consejo, y que quede claro que tan solo es un consejo, es que presentes una demanda de por lo menos, mil millones de dólares contra quien quiera que sea esa persona.

—¿Mil millones de dólares?

—Ese es mi consejo.

—¿Y a cuenta de qué...?

—Daños y perjuicios, amenazas, asesinatos o incluso crímenes contra la humanidad... Lo que mejor te parezca porque se supone que eres de los que más entienden de leyes. Puedes hacerlo como presidente de Harrison, Holden & Carrigan o utilizando empresas interpuestas, me da igual porque correrás con todos los gastos y si ganas te harás rico, pero si pierdes acabarás en la ruina.

—¿Te has vuelto loco...? —quiso saber su estupefacto y a la vez terriblemente asustado visitante—. ¿A qué demonios viene pedirme semejante disparate?

—Yo no te estoy pidiendo nada, Thomas, que quede bien claro; tan solo te estoy aconsejando con el fin de evitar que te expulsen del colegio de abogados y acabes en la cárcel.

—No sé de qué me hablas.

—Creo que sí lo sabes.

—¿Quién pretende meterme en la cárcel?

El hombre impertérrito se apoderó del pisapapeles que le permitía ser como era y lo manoseó durante largo rato antes de responder:

—Lo ignoro, pero alguien afirma que le pediste que jurara en falso para hacerme creer que habían amenazado con matarme, lo cual no era cierto.

—¡No es posible...! ¿Douglas Cameron?

—Nunca pregunto nombres, pero parece ser que

ha firmado una declaración al respecto, y sabes muy bien que eso es de las pocas cosas que los jueces de este país no perdonan. Puedes amañar pruebas, sobornar jurados, acogerte a la enmienda que te plazca o recurrir al precedente que mejor te cuadre, pero nunca jurar en falso.

Thomas Harrison se había quedado tan abatido por la inesperada revelación que no se sentía capaz de pronunciar una sola palabra. Lo último que hubiera imaginado era que quien había admitido que aspiraba a ocupar su sillón presidencial le hubiera traicionado, aunque pensándolo bien tenía que haberlo imaginado, puesto que, probablemente, hubiera hecho lo mismo.

Un abogado que se prestara a jurar en falso, dejaba su futuro en manos de quien le pedía que lo hiciera, y evidentemente quien se lo pedía no era digno de confianza.

Douglas Cameron tenía una mujer, una hija y una hipoteca, por lo que debió llegar a una lógica conclusión: su futuro profesional ya no estaba en Harrison, Holden & Carrigan, sino en alguien que le permitiera cancelar la hipoteca y continuar ejerciendo su profesión sin manchar su expediente.

—¿Qué más te ha contado? —acertó a balbucear.

—A mí nada, puesto que ni siquiera sé de quién se trata, pero quiero suponer que imaginarás hasta qué punto puede perjudicarte lo que diga si también le propusiste filtrar información comprometedora con el fin de conseguir que alguien demandara a tus clientes y de ese modo poder defenderlos.

A aquellas alturas Thomas Harrison ya sabía que su mundo se había venido abajo, y que tal como tantas veces ocurriera a lo largo de la historia, para desmoronarlo había bastado con la traición de un solo hombre.

Y es que por desgracia nadie conseguía levantar un imperio de la clase que fuera absolutamente solo, siempre acababa dependiendo de alguien, y con demasiada frecuencia ese alguien fallaba.

—¿Qué piensas hacer? —inquirió al fin.

—Limitarme a observar. Me tiene sin cuidado que destroces a ese descerebrado, quienquiera que sea, o que ese hijo de puta te destroce a ti porque lo ideal sería que acabarais el uno con el otro por estúpidos. Tan solo te pedí que hicieras entrar en razón a alguien que estaba haciendo demasiadas preguntas, y en lugar de coger un avión, plantarte allí y negociar de una forma razonable, delegaste en unos cretinos que solo saben usar la violencia. Y cuando las cosas se complicaron volviste a cometer idéntico error, delegando de nuevo con tal de no levantar el culo, volar a Europa y hacer las cosas como Dios manda.

Peter Morris nunca demostraba la magnitud de su indignación, pero en esta ocasión su famosa impenetrabilidad rozaba los límites que acostumbraba imponerse, ya que si algo realmente le molestaba era que quienes ocupaban puestos relevantes hicieran dejadez de sus funciones.

El hecho de haber revisado el monto de las millonarias facturas que últimamente había abonado a Harrison, Holden & Carrigan aumentaba su malestar puesto que en cierto modo se sentía culpable por no haber comprendido a tiempo que, además de unos jodidos picapleitos, estafadores y mentirosos, eran ineptos.

Una ineptitud que le iba a costar a su empresa las ganancias de los últimos cinco años, así como poner fin a un negocio que aún podría haber continuado siendo rentable durante largo tiempo.

Un primer estudio evidenciaba que, por mucha publicidad que hiciera, pasarse de improviso al cigarrillo sin filtro constituiría una auténtica debacle ya que no solo perderían parte del mercado nacional, sino la práctica totalidad de los externos. Tampoco allí podría continuar utilizando filtros debido a que el prestigio de la empresa quedaría en entredicho si reconocía que le preocupaba la salud de sus compatriotas, pero no la del resto de los habitantes del planeta.

—¡Ojalá te hundas! —dijo al fin demostrando por primera vez en años que podía comportarse como cualquier otro ser humano.

—¡Por favor! —suplicó quien se encontraba al otro

lado de la mesa—. No me hagas esto; alguna forma habrá de solucionarlo.

—No la utilizaría aunque la hubiera porque has conseguido implicarme en asesinatos, torturas e incluso recompensas millonarias. ¡Qué locura! Soy el presidente de una compañía tabacalera y por lo tanto he hecho cosas que no debería haber hecho, pero no estoy acostumbrado a tratar con semejante clase de individuos.

—Lo siento.

—Espero que lo sientas el resto de tu vida o sea que coge ese sobre y recuerda: el viernes presentarás la demanda, puesto que yo haré una declaración pública el sábado y de ti depende que te mencione o no.

—Lo peor no estriba en que alguien se entretuviera en enterrarnos en colillas o envenenarnos, lo cual significaría un acto de manifiesta intencionalidad, y no es el caso; el mayor daño se produce sin intencionalidad y por el simple hecho de fumar.

La observaron expectantes, sabiendo que aún tenía muchas cosas malas que contarles, y así era puesto que Berta Muller, a la que no parecía afectarle en lo más mínimo la importante cantidad de alcohol que estaba ingiriendo, añadió:

—Los filtros de celulosa retienen la saliva del fumador, y hemos comprobado que en uno de cada nueve se encuentran rastros de enfermedades.

—¿Qué clase de enfermedades? —quiso saber Sandra Castelmare, cuyo sentido del humor parecía haberse esfumado.

—De todo tipo, querida; sida, sífilis, gonorrea, tuberculosis, gripe, hepatitis e incluso algunas que aún no hemos conseguido clasificar, puesto que son de las consideradas exóticas pese a que las hemos localizado en lugares tan poco exóticos como el aeropuerto de Berlín. Alguien hizo escala, salió a fumarse un pitillo, y les dejó a los berlineses un peligroso recuerdo de su paso.

—¿Qué putada no...?

—Consecuencias de la vida moderna y de la rapidez de las comunicaciones. La peste negra tardó años en propagarse, pero en la actualidad llegaría a cualquier rincón en cuestión de horas y la mejor prueba está en el ébola.

—Y por lo visto, y a diferencia de lo que ocurre con el ébola, en este caso no es necesario que el enfermo tenga contacto directo con quien le contagia... —apuntó Roman Askildsen—. Basta con que haya dejado una colilla.

—Por desgracia... hoy en día las aceras, y sobre todo las entradas a los edificios de oficinas, son nuestros peores enemigos, y me temo que las autoridades no reaccionarán hasta que a esos pequeños cilindros les salgan patas y comiencen a corretear de aquí para allá subiéndosenos por las piernas y gritando: ¡Eh, cretinos, estamos aquí y vamos a acabar con vosotros por guarros y desconsiderados!

—Sería lo mejor que podría ocurrir para que alguien decidiera hacer algo... —señaló Mark Reynols.

—Pero no ocurrirá porque por lo visto las colillas son muy listas y prefieren mantenerse en silencio, esperando a ser tantas que no exista forma de eliminarlas.

—¿O sea que, según tú, no serán unas sofisticadas máquinas inteligentes las que acaben con la especie humana, sino unos sucios y malolientes trocitos de celulosa?

Berta Muller se sirvió una nueva copa de *champagne* en clara demostración de su capacidad de acabar ella sola con toda una cosecha, y guiñó un ojo al tiempo que replicaba:

—Puestos a fantasear, tanto da una cosa como otra, pero estamos hartos de ver películas en las que nos enseñan a luchar contra máquinas, pero ninguna que nos enseñe a luchar contra filtros. ¿Qué podemos hacer con ellos?

—¿Quemarlos...?

—¿Provocando una columna de humo tóxico que afectaría a cuantos se encontraran en varios kilómetros a la redonda...? —quiso saber la luxemburguesa—.

Mataría a cualquiera que sufriera algún tipo de afección respiratoria.

—Siempre te he considerado que por la clase de vida que llevas deberías ser profundamente pesimista, pero creo que en esta ocasión te estás pasando. —La siciliana hizo un gesto a los dos hombres al añadir—: ¡Míralos! Como sigas así acabarán colgándose del palo mayor.

—Esto no es un velero.

—No importa; algún palo habrá. Y ahora haz el favor de decir algo positivo.

—Me gustaría, cielo, pero dirijo una farmacéutica, tan solo le doy buenas noticias a mis accionistas, y que yo sepa ninguno de vosotros tiene intereses en mi empresa. Y Mark no ha recurrido a mí para que solucione un problema, sino para que le confirme que existe y es muchísimo más grave de lo que suponía.

—Y te lo agradezco —señaló el inglés que por su parte trasegaba coñac en un vano esfuerzo por minimizar sus penas—. ¿A alguien se le ocurre otra forma de acabar con esa asquerosa plaga?

Roman Askildsen alzó el dedo al tiempo que señalaba:

—El otro día me entretuve haciendo algunos cálculos; si cada filtro ocupa unos tres centímetros cúbicos y aceptamos que existen unos doscientos mil millones, me pregunto dónde diablos se conseguiría enterrar casi seiscientos millones de metros cúbicos de basura contaminante.

—¿En minas abandonadas...?

—Tendrían que ser secas y absolutamente herméticas, porque en cuanto las colillas se humedecieran comenzarían a destilar cuanto contienen envenenando la tierra y por lo tanto las cosechas.

—Es lo que está ocurriendo ahora... —le hizo notar la Castelmare—. Y también envenenan la arena de las playas o los parques infantiles. Ninguno de nosotros tiene hijos, lo que confirma la teoría de Richard acerca de nuestro egoísmo, pero si los tuviéramos nos horrorizaría pensar que pueden estar jugando con un filtro infectado de sida o gonorrea.

—¡Coño, Sandra! —protestó Mark Reynols en una reacción impropia en él—. O banalizas las cosas o las dramatizas en exceso.

—En eso estoy de acuerdo —intervino la luxemburguesa—. Tienes la mala costumbre de ir de un extremo a otro y no estamos aquí para encontrar soluciones, sino para diagnosticar la enfermedad. Al menos esa es la forma en que yo acostumbro a trabajar; primero se determina el mal y luego se le busca un remedio.

—El mal ya está diagnosticado —le recordó Roman Askildsen.

—¿Desde cuándo...? Yo me enteré hace tres días, y estos dos, supongo que hace cuatro. ¿Acaso somos genios? No, no lo somos, y por lo tanto creo que lo que debemos hacer es buscar a quien esté capacitado a la hora de encontrar esa solución.

—Tienes a los mejores expertos —le recordó el inglés.

—Son científicos, no basureros. Tú tienes magníficos ingenieros. ¿Los crees capaces de encontrar la forma de resolver este conflicto?

Los que la escuchaban se miraron, y no les costó admitir que le asistía la razón, ya que ninguno de ellos se había enfrentado con anterioridad a una pequeña y aparentemente inofensiva realidad que cuando tomaba cuerpo se convertía en un monstruo.

—Me recuerda a *Cuando ruge la marabunta* —intervino de nuevo la italiana—. Tan solo eran hormigas, pero de vez en cuando se juntaban, lo devoraban todo, e incluso pretendían comerse a Charlton Heston, de lo cual no las culpo, puesto que en aquella película estaba como para comérselo.

—¡Sandra...! —le reconvino Roman.

—Sandra... ¿qué? —fue la retadora respuesta—. Somos cuatro, y tres de lo único que entendemos es de cine. Si queremos encontrar a quien sepa resolver este problema debemos mostrárselo tal como sabemos hacerlo. —Parecía ir animándose y su rostro se iluminó al añadir con manifiesto entusiasmo—: Todo lo que habéis dicho me invita a imaginarme una película neorrealista, tal como la plantearía el mismísimo Vittorio De Sica... —Abrió los brazos como si pretendiera enmarcar una gran pantalla al añadir—: «Escena primera»: un niño montado en un triciclo corretea por una plaza, pero se detiene a admirar la gigantesca motocicleta que ha aparcado en el arcén. Su conductor se despoja del casco, enciende un pitillo y hace un gesto a tres chicas que pasean por la acera. El motorista le ofrece su cigarrillo a la más atractiva, ella lo acepta, le da un par de caladas, se lo devuelve, se alza la falda y trepa a la parte posterior de la moto mientras su propietario arroja la colilla, arranca y se aleja... —La actriz demostró una vez más que era una excelente comediante porque sabía cuándo debía intercalar una bien medida pausa antes de continuar con su relato—: Lo último que ve el niño es el precioso culo de la prostituta, y cuando se ha perdido en la distancia advierte que a sus pies aún queda la mitad del cigarrillo. Lo recoge, se lo coloca entre los labios y pedalea velozmente hacia un grupo de niñas que juegan al otro lado de la plaza ofreciéndoselo a la más bonita. «Escena segunda»: la niña se encuentra en la cama de un hospital y los médicos se plantean la posibilidad de informar a la policía, ya que puede haber sufrido algún tipo de agresión sexual, puesto que presenta síntomas de haber contraído una enfermedad de transmisión venérea.

Los presentes la observaron entre sorprendidos y admirados, y su ex novio no pudo por menos que acariciarle el brazo mientras señalaba:

—¡Caray...! Y se suponía que el guionista era yo.

—Tú ya no eres guionista, querido; tal como decía el pobre Giovanni, te has convertido en un tendero del cine, mientras que yo lo llevo en la sangre. —Su sonrisa fue absolutamente deslumbrante al añadir—: Si hacemos esa película mando al diablo *Lo que el viento nos dejó* y trabajo gratis.

—Empiezo a entender por qué te llaman La Divina —comentó Berta Muller.

—Se agradecen los aplausos, de eso vivimos, pero en este caso no los necesito. ¿Crees que Irina sería capaz de desarrollar un guion partiendo de ese comienzo? Yo de ahí no paso.

—Si le volvemos a pedir que deje lo que está haciendo y empiece una nueva historia le puede dar un ataque de histeria —sentenció el inglés—. Aunque esos ataques se calman con dinero, y dinero sobra.

—¡Me encanta esa frase!

—Continúa siendo seria, querida. Lo estabas haciendo muy bien.

—Llevo siendo seria una hora, lo cual ha agotado mi cupo del año —fue la inmediata respuesta—. O sea que empezaré a gastar el del año que viene porque se diría que hemos olvidado lo esencial; la seguridad de

Roman. Si alguien pretende matarle por culpa de esos filtros debe tratarse de un paranoico, ya que Roman ni siquiera había reparado en el peligro que significan, puesto que fuma puros. —Giró el brazo en un ademán que pretendía abarcarlos a todos—: ¿Alguno de vosotros tiene experiencia a la hora de tratar con paranoicos con manía persecutoria? —inquirió—. Yo sí, porque rodé una película con Kanduscki que convertía tu vida en un infierno acusándote de haber olvidado una frase porque según él lo único que pretendías era arruinar su carrera. Por suerte se la arruinó solito.

—Lo recuerdo; era un pretencioso y un tirano.

—Y un pésimo director de actores porque anhelaba verse representado incluso en mí, pese a que no tenía ni mi culo ni mis tetas. O sea que si quien ha organizado este lío es alguien como Kanduscki estamos aviados.

Berta Muller, que había escuchado con especial atención sin tan siquiera tocar su copa, dudó unos momentos, como si le avergonzara lo que iba a decir, pero por fin lo dijo:

—Eso que llamas «manía persecutoria» puede que no sea tal manía, sino una reacción normal cuando, efectivamente, te persiguen. Ves fantasmas incluso en el humo de una vela e imaginas que conspirarán a tus espaldas, por lo que no es de extrañar que muchos que creen que su puesto peligra acaben paranoicos...

—Apuntó directamente a la italiana con el índice al añadir—: Y no me mires con esa sonrisita de «tú misma sin
ir más lejos...».

—No he dicho nada.

—Pero lo estás pensando. Y yo nunca me conside-
ré paranoica; esquizofrénica tal vez, pero no paranoica.

—¿Y no sería mejor decir esquizofrénica paranoica?

—¿Y yo qué sé...? Nunca quise averiguarlo, pero
lo cierto es que cuando no puedes confiar en nadie aca-
bas de los nervios.

La otra fue a decir algo, pero una vez más Mark Reynols se vio en la necesidad de intervenir con el fin de evitar que el comedor se convirtiera en una pista de circo.

—¡Por favor, Sandra! —suplicó—. A veces eres increíblemente sensata pero te pierde esa absurda manía
de aparentar que no lo eres y a los que estamos aquí, ya
no nos engañas, o sea que deja de actuar. No obstante,
admito que tienes razón en lo que has dicho sobre la
seguridad de Roman y deberíamos hacer algo al
respecto.

—¡Un momento..! —intervino el aludido—. Estoy
de acuerdo en que mi seguridad me importa mucho,
ya he demostrado que no soy ningún héroe, pero tampoco quiero que se anteponga a la de millones de personas que también están en peligro, o sea que creo que
lo que debemos hacer es...

Le interrumpió el repiquetear del teléfono que se encontraba junto a Berta Muller, esta lo cogió mientras les hacía un gesto para que guardaran silencio, escuchó atentamente y al poco inquirió:

—¿Y cuándo podría saberlo...? Entiendo. Téngame al corriente.

Se volvió con el fin de limitarse a comentar:

—Era del laboratorio; al parecer todavía hay algo peor.

XVI

Se sentía justamente orgulloso de sus orquídeas.

Y de sus rosas.

Y de sus gardenias.

Se sentía orgulloso de su precioso invernadero, al que agradecía que le permitiera saberse necesitado cuando los años de saberse necesitado habían quedado atrás hacía demasiado tiempo.

Le había costado trabajo entender la razón por la que su esposa se pasaba horas entre macetas hasta que ya no tuvo fuerzas para regarlas y fue entonces cuando se impuso la tarea de cuidar por sí mismo de lo que ella había amado tanto en vida. Aunque en principio lo hizo como postrera muestra de cariño y a desgana, no tardó en sentirse atrapado por una prodigiosa explosión de formas, colores y aromas que conseguían mitigar su soledad como no la conseguían mitigar sus mejores cuadros.

Había invertido millones en atesorar una impagable colección de retratos de papas, príncipes y nobles del Renacimiento, pero aquellos hieráticos y pretenciosos personajes se limitaban a dedicarle despectivas miradas, acumular polvo y apestar a pintura rancia.

Soberbios y engreídos, no le devolvían ni un dólar de cuantos había pagado por ellos, mientras la más humilde flor le devolvía alegría en cuanto le proporcionaba unas gotas de agua.

Se había cansado de contemplar la apática actitud de tanto preboste difunto, por lo que consideraba su valiosa y envidiada colección tiempo y dinero malgastados, ya que ni le apetecía exponerla para que un sinfín de ruidosos visitantes le molestaran, ni pretendía hacer alarde de riqueza.

En ocasiones acariciaba la idea de malvender cuadro por cuadro en mercadillos callejeros con la maligna intención de bajarle los humos a tanto príncipe decadente y tanto papa corrupto, obligándoles a comprender que apenas valían lo que un pedazo de tela y un marco de madera.

Olvidados y pudriéndose en sus tumbas, sin el talento de quien los pintó ya no eran nada, pero ellos pretendían ignorarlo.

El único que parecía saber que no era nada, y por lo tanto el único retrato del que nunca se desprendería, era el de un jovencísimo cardenal, apenas un muchacho, que posaba con el resignado aire de quien no entiende por qué absurda razón le vestían de aquella guisa, colgándole al cuello un gigantesco crucifijo, cuando preferiría corretear por el bosque detrás de unas faldas auténticas.

«Me estoy volviendo un viejo chiflado», se decía entonces, admitiendo que le preocupaba más ser viejo que chiflado porque un chiflado podía continuar regando macetas durante medio siglo, pero siendo tan viejo no duraría mucho.

Y sabía muy bien que en cuanto él faltara su hermoso invernadero acabaría convirtiéndose en un revoltijo de macetas agrietadas y cristales rotos.

Sus cuadros pasarían a valer más que sus flores y no le parecía justo, porque las flores le ayudaban a seguir respirando y los cuadros no.

Llevaba largo rato dedicado a dilucidar si convendría alejar del sol a una delicada orquídea a fin de que se mantuviera más tiempo con el mismo grado de calor y humedad, cuando le vio llegar, tan discreto y silencioso como siempre, por lo que le asaltó un desagradable presentimiento.

—¡Buenas tardes!

—¡Buenas tardes!

—Están preciosas...

—No es que lo estén; es que lo son. Cuéntame las malas noticias.

—¿Por qué cree que traigo malas noticias?

—Porque te conozco, las buenas sueles darlas por teléfono y me consta que tal como tienes la espalda no conducirías ciento treinta millas por el simple placer de verme la cara.

—Se trata de su yerno.

—Lo suponía... ¿Qué ha hecho ahora?

—Lo que importa no es lo que haya hecho, que es grave, sino lo que le pueden hacer a él, que lo es más.

—¿Y qué le pueden hacer que no merezca?

—Han puesto precio a su cabeza.

—¿Cuánto...?

—Cuatro millones.

—¿Y quién es tan estúpido para ofrecer cuatro millones por semejante mentecato? No vale ni cuatro dólares.

—Es que previamente él había ofrecido dos millones por la cabeza de un tal Askildsen.

— ¿Y ese quién es?

—Un productor de cine que por lo visto se lo ha tomado a mal y ha doblado la apuesta.

El anciano amante de las flores dejó a un lado la regadera que tenía en la mano, buscó acomodo en un alto taburete e indicó a su visitante que aproximara otro.

—¿Qué majadería es esa de ofrecer recompensas por las cabezas de la gente? —inquirió—. ¿Acaso seguimos en «el lejano Oeste»?

—Su yerno debe creerlo, ya que fue quien empezó.

—Siempre supe que era un completo majadero, pero no hasta ese extremo. ¿Por qué puñetera razón las niñas ricas se empeñan en casarse con gañanes cuyo único mérito es montar a caballo? Deberían estar limpiando cuadras y no dirigiendo mis empresas.

—Nunca debió cederle el control a su hija.

—¿Y qué querías que hiciera? ¿Seguir trabajando hasta quedarme muerto al pie del cañón? Aquí al menos soy feliz.

—Me temo que no por mucho tiempo; por si no bastara con lo de la recompensa, se rumorea que tendrá que enfrentarse a una demanda multimillonaria. Alguien, no se sabe quién, pero que al parecer no tiene nada que ver con el productor de cine, está reuniendo pruebas con el fin de arruinarle.

—¿Pruebas sobre qué?

El hombre que al parecer tan solo portaba malas noticias parecía avergonzarse de sí mismo, y tomando la regadera se limitó a echarle agua a la planta que tenía a su izquierda hasta que quien se sentaba frente a él no pudo evitar reñirle:

—Me la vas a encharcar... —masculló—. ¿Tan malo es?

—Pueden acusarle de asesinato.

—Pero que yo sepa no ha matado a nadie.

—Depende de cómo se mire. ¿Recuerda que hace

años vendió una fábrica en Alabama alegando que usted no aprobaba que la hubiera comprado? —Ante el mudo gesto de asentimiento de quien le había arrebatado la regadera para que no continuara ahogándole las flores, añadió como si estuviera confesando un pecado propio—: Luego le dijo que había invertido ese dinero en apartamentos y que a causa de la crisis inmobiliaria todo lo que le habían pagado se había perdido.

—De eso no puedo culparle: incluso a mí me hubiera ocurrido, ya que nadie se lo esperaba.

—En efecto, nadie se lo esperaba, pero al surgir este asunto he hecho algunas llamadas, admito que demasiado tarde, y resulta que no invirtió ese dinero en apartamentos; lo invirtió en levantar otra fábrica en un lugar en el que los salarios son ridículamente bajos. Figura a nombre de testaferros locales, pero él conserva la práctica totalidad de las acciones.

Quien le escuchaba hizo un curioso ademán levantando los brazos y abanicando las manos como si quisiera rechazar lo que estaba oyendo. Se puso en pie, arrancó de una mata dos hojas que no tenían por qué ser arrancadas, y por último se quedó muy quieto, tal vez aguardando a que un rayo acudiera a fulminarle.

—No creo que te atrevas a decirme dónde montó esa fábrica... —murmuró al fin.

—Y no me atrevo.

—¿Pretendes hacerme creer que de todos los lugares del mundo, ese mulero hijo de puta fue capaz de instalarla donde sabía mejor que nadie que no debería hacerlo?

—Redujo los costes a la mitad.

—¡Pero es un crimen!

—Por eso estoy aquí. Siempre se ha comportado conmigo como un padre y me avergüenza reconocer que no he sido capaz de evitarle este disgusto. Debía haber estado más atento.

—¿Cómo y por qué? Si cometí un error al permitir que esa acémila metiera la mano en mis asuntos no eras quien para cuestionar mis decisiones.

—No lo era, en efecto... —admitió su atribulado interlocutor—. Pero antes de jubilarme trabajé con él casi dos años y vi cosas que no debí haberme callado.

—¿Y acaso crees que yo no las veía? —fue la pregunta cargada de amargura—. La avaricia apesta por más que el avaro se duche, porque si no suda dinero es por no malgastarlo, pero ese hedor le sigue a todas partes y por mucho desodorante que utilice tarde o temprano le impregna la camisa.

—¿Qué piensa hacer?

—¿Dónde está ahora?

—En el rancho.

El anciano permaneció largo rato en silencio y quien había trabajado treinta años para él comprendió que debía quedarse inmóvil permitiendo que pusiera en orden sus ideas.

—Llama a mi hija —dijo al fin—. Cuéntale que no me has encontrado bien, y que me niego a llamar a un médico. Como la conozco me consta que se plantará aquí mañana y no se irá hasta que me vea completamente «recuperado».

Hizo una nueva pausa que aprovechó para acercarse a un grifo y rellenar la regadera antes de añadir:

—Hace tiempo aprendí que cuando cambian las reglas del juego en mitad de una partida de nada sirve lamentarse; lo que se debe hacer es aprender las nuevas y aprovechar las oportunidades que ofrecen. Si ese malnacido las impuso, debe aceptarlas, o sea que dobla la recompensa. Ya no son cuatro los millones que dan por su cabeza; ahora son ocho.

Mark Reynols se despertó con una más que merecida resaca.

Hacía años, desde que Giovanni muriera, que no había bebido tanto, ni solo ni en compañía, y lo peor del tremendo malestar que sentía lo achacaba a que no había sido una alegre borrachera de celebración de cualquier cosa, no importaba qué, sino el vano intento de ahogar en coñac francés unos problemas, que, como la mayoría de los problemas, habían demostrado que sabían nadar, tanto en el mejor coñac francés como en el peor vino alemán.

A lo más que llegaban era a sumergirse durante unas horas, pero con la luz de la mañana emergían tan fuertes y animosos como cuando fingieron desaparecer, dispuestos a continuar amargándole la vida a quien además ahora experimentaba un insoportable dolor de cabeza.

El hecho de encontrarse a bordo de un barco, por grande y seguro que este fuera, no contribuía a mejorar su estado de ánimo, teniendo en cuenta que su camarote no estaba orientado hacia la tranquilizante costa sino hacia un mar abierto desde el que espumosas olas que ya agitaban sus penachos parecían estar advirtiéndole que pronto arreciarían.

Permaneció largo rato bajo la ducha, lo cual no le alivió en absoluto, se cubrió con un elegante albornoz azul celeste adornado con un escudo en el que podía leerse *Moonriver* y calzándose una zapatillas de felpa que hacían juego, buscó el comedor a través de desiertos pasillos.

Su único ocupante era Roman Askildsen que vestía un albornoz idéntico y que le saludó con una acogedora sonrisa:

—¡Buenos días!

—Serán los tuyos porque el mío se presenta tormentoso. ¿Dónde está la gente?

—¿Qué gente? —fue la inmediata respuesta—. Desde que embarqué no he visto a un solo tripulante. —Hizo un gesto a su alrededor al añadir—: Encontrarás cuanto te apetezca para desayunar, pero esto continúa siendo autoservicio porque evidentemente Berta sabe cómo proteger la intimidad de sus clientes. Aquí podrían pasarse una semana cualquier rey con su correspondiente amiguita y no se enteraría ni su jefe de protocolo... ¿Café?

—Té.

—Tú siempre tan inglés... ¿Leche?

—Aspirinas.

—Eso luego. —Le colocó delante una taza de té con leche, aguardó a que se la hubiera bebido y se brindó a prepararle otra inquiriendo—: ¿Te sientes capacitado para hablar de algo importante?

—Depende de cómo sea de importante, pero si se refiere a filtros prefiero esperar a que lleguen las mujeres.

—Puede ser muy importante ya que se trata de tus fábricas. ¿Sigues decidido a mantenerlas inactivas...? —Ante el mudo gesto de asentimiento de quien no mostraba excesivas ganas de hablar continuó—: Tal vez podrías darles alguna utilidad e incluso hacerlas rentables.

—Ya te dije que transformar fábricas de armas en algo rentable siempre resulta un empeño inútil, pero me conformaría con cubrir gastos... ¿De qué se trata?

Roman tomó asiento frente a él y mientras observaba cómo empapaba un bollo en el té y lo mordisqueaba desganadamente le fue contando cuanto le habían contado los Gravi acerca de las infinitas calamidades que padecían los inmigrantes intentando llegar a las costas europeas en minúsculas y frágiles embarcaciones sin que las autoridades decidieran afrontar seriamente el problema.

—Naturalmente que lo afrontan... —le hizo ver quien le escuchaba con atención y que parecía ir recuperando su capacidad de raciocinio a base de tazas de té—. Para la mayoría de esas autoridades el auténtico problema no estriba en que miles de inmigrantes se ahoguen, lo cual en el fondo agradecen, sino que consigan llegar a sus costas.

—¿Cómo puedes decir algo tan monstruoso?

—Siendo europeo y siendo tan cínico como sus políticos. Saben que la mayoría son musulmanes y que en pocos años ese medio millón de inmigrantes se habría multiplicado.

—¿Y tienen que ahogarse por el mero hecho de ser musulmanes?

—No, pero entre ellos llegarán fanáticos de los que afirman que los cristianos deben morir por el mero hecho de ser cristianos, y hemos comprobado que es un bárbaro concepto que ponen en práctica con demasiada frecuencia. —Mark Reynols alzó su enésima taza de té colocándola frente a su interlocutor en el momento de inquirir con su tradicional flema británica—: ¿Te extraña que exista quien opine que es preferible que paguen presuntos justos por presuntos pecadores...?

—¡Muchos son niños!

—Todos los fanáticos han sido niños alguna vez y te ruego que no lo consideres como una posición personal; tan solo intento hacerte comprender cuál es la forma de pensar de unos políticos que saben que la islamización de la ciudadanía les alejaría del poder. La gente se radicalizaría y llegaría un momento en que la mitad votaría a partidos islamistas y la otra a partidos ultranacionalistas.

—Quien te oiga podría suponer que estás hablando de una especie de «contracruzada» cuyas batallas no se librarán en las costas de Tierra Santa sino en las del sur de Europa.

—Algo parecido, pero no por la fuerza de las armas sino por la fuerza de los votos, puesto que se supone que vivimos en democracia. Y no me cuesta entender que muchos no quieran concederle el derecho a votar a aquellos que aprovecharán ese derecho para acabar con el derecho al voto. —Pareció disculparse de nuevo al puntualizar—: No intento hacer un juego de palabras, pero es que tampoco me imagino a los antiguos sarracenos salvando de morir ahogados a los cruzados que llegaban con intención de imponerles su fe a espadazos.

—Quiero suponer que algo habremos aprendido en mil años.

—¡Desde luego! Hemos aprendido a desconfiar cada vez más de los extraños, y te lo dice alguien que pertenece a un pueblo especializado en el arte de hacerse pasar por humildes y serviciales invitados para acabar convirtiéndose en despóticos dueños... —Se diría que el té ya estaba a punto de brotarle por los poros, puesto que apartó la taza al añadir—: Y ahora aclárame qué tienen que ver mis fábricas con los inmigrantes subsaharianos.

Roman Askildsen extrajo del bolsillo un arrugado recorte de periódico, lo alisó cuidadosamente y se lo alargó.

—Don Salvatore considera que esto salvaría muchas vidas, tanto de los náufragos como de quienes acuden a rescatarlos —dijo—. Pero nadie se decide a fabricarlos porque a nadie parece importarles la vida de unos ni de otros.

Mark Reynols leyó el artículo, estudió con atención el diseño que lo ilustraba y acabó admitiendo:

—El concepto parece lógico.

—¿Podrías fabricarlos?

—¡Naturalmente, querido! —fue la casi ofendida respuesta—. Si hemos sido capaces de fabricar tanques de cuarenta toneladas, también seremos capaces de fabricar esto... ¿Cuántos quieres?

Evidentemente la pregunta había cogido por sorpresa a quien tan solo supo tartamudear:

—¿Cómo que cuántos quiero...? ¿A qué coño te refieres?

—A qué ahí radica la raíz del problema, mi cándido amigo. Mi padre solía recibir a clientes que solicitaban tanques, cañones o fusiles adaptados a sus necesidades de matar a un cierto número de personas en unas determinadas circunstancias. El condenado viejo, que ojalá arda en los infiernos, estudiaba el tema y casi siempre acababa admitiendo que podía hacerlo, pero a continuación preguntaba: «¿Cuántos quiere?» Entonces el cliente daba una cifra, se ponían de acuerdo en el precio, y todos contentos. Bueno... —rectificó—. Todos menos los que acabarían muriendo.

—¿Por qué eres siempre tan jodidamente inglés?

—Porque me acostumbré desde niño. Tú me preguntas si puedo construir unos pequeños submarinos no tripulados que salvarían vidas incluso en las situaciones más adversas, yo te respondo que sí, y cuando te pregunto cuántos comprarías, la cosa cambia, porque para matar gente sobra dinero, pero para salvarla siempre falta.

—Lo buscaré.

—Y no lo encontrarás, pero te construiré media do-

cena para que intentes convencer a quienes probablemente preferirían emplear esos minisubmarinos te-
ledirigidos en hundir las embarcaciones que aún se
mantuvieran a flote en lugar de proporcionarles a los
que se ahogan balsas seguras que luego ellas mismas se
dirigirían a puerto.

—Eso es cruel e indigno de ti porque demuestra
una absoluta falta de fe en el ser humano.

—No estamos hablando de seres humanos sino de
políticos, lo que con demasiada frecuencia no viene a
ser lo mismo. —Mark Reynols señaló a su alrededor
al remachar—: Si estas paredes hablaran confirmarían
lo que estoy diciendo.

—No son paredes; son mamparos.

—¿Y eso qué es?

—Paredes, pero en el lenguaje de los marinos; lo
aprendí en *La Bella de Castelmare*.

—Pues empiezo a sospechar que has aprendido más
en estos días a bordo de *La Bella de Castelmare* que en
toda tu vida. —El inglés se puso en pie, se aproximó al
ventanal e indicó el exterior—. Y ya que entiendes tanto de barcos aclárame qué medidas de seguridad tienen esos cruceros.

—¿Y yo qué sé? ¿Por qué me lo preguntas?

—Porque los vengo observando hace tres días y la
gente entra y sale sin el menor control, lo cual se me
antoja un disparate. Para subirte a un avión, que tan

solo transporta doscientos pasajeros, casi te obligan a desnudarte, te registran hasta el culo y te quitan incluso un cortaúñas. —Movió una y otra vez la cabeza como si a él mismo le costara aceptar lo que se le pasaba por la mente—. No obstante, para subirte a un gigantesco barco con cuatro mil turistas no te preguntan ni la hora. ¿Qué pasaría si una vez en alta mar un grupo de islamistas sacaran sus armas y comenzaran a cazar pasajeros como si fueran conejos?

—¡Joder...! ¿Qué cosas se te ocurren?

—No solo se me ocurren a mí; en el ochenta y cinco, un grupo de terroristas palestinos secuestró el *Aquile Lauro* exigiendo la liberación de cincuenta compañeros.

—Lo recuerdo.

—En esa ocasión tan solo hubo un muerto, pero los palestinos de hace treinta años no podían compararse con los fanáticos islamistas actuales. Si han sido capaces de entrar en un colegio de Kenia y asesinar fríamente a cientos de niños por el mero hecho de ser cristianos, nadie nos garantiza que si los yihadistas se apoderaran de uno de esos cruceros no acabarían por cortarle el cuello a todo aquel que no fuera musulmán o no se tirase de cabeza al mar.

—No lo había pensado, pero si nunca tuve la menor intención de subirme a uno de ellos, ahora menos.

—Y acabarían hundiéndolo.

—¡Para un poco, por favor! Bastante tengo con los filtros, las enfermedades que transmiten, y la cabeza puesta a precio. ¡Maldita sea la hora en que se me ocurrió preguntarte si podías fabricar submarinos!

XVII

El albornoz color malva con el escudo del *Moon-river* parecía haber sido diseñado expresamente para ella, aunque más justo sería decir que cualquier cosa que se pusiese había sido diseñada expresamente para ella.

Les saludó sonriendo y tan resplandeciente como si no hubiera probado una gota de alcohol en años, les besó en la punta de la nariz, y se dejó caer en la misma butaca que había ocupado la noche anterior mientras inquiría zalamera:

—¿Quién le va a preparar un enorme tazón de café con leche a su chica favorita?

Su ex amante se encaminó a la cafetera mientras Mark Reynols le intentaba servir un vaso de jugo de naranja, que rechazó con un gesto de asco.

—¡No, por Dios...! —protestó—. De pequeña tuve la solitaria y mi abuela me daba un asqueroso purgante que sabía a mierda de gato seguido de jugo de naranja. Desde entonces odio las naranjas porque por lo visto el bicho me había tomado cariño y no se iba ni a tiros. Por fin llamaron a una curandera que me echaba humo en el culo y cantaba hasta que la obligó a salir.

—¡Por favor, cielo...! No empieces tan temprano.

—Ya son casi las doce, y es verdad. La vieja desafinaba tanto que el animalito prefirió morir en campo abierto a seguir escuchándola.

El inglés la miraba estupefacto, preguntándose cómo una mujer tan inteligente podía disfrutar tanto diciendo boberías, por lo que se volvió a Roman Askildsen:

—¿Cómo te las arreglaste para vivir con alguien así durante años —quiso saber—. A mí me habría vuelto loco.

—No lo sé... —fue la sincera respuesta—. Pero volvería a hacerlo.

—¡Esa respuesta te ha quedado preciosa! —le agradeció Sandra Castelmare lanzándole un beso—. Suena muy bien, pero ese tren solo pasa una vez y el tuyo ya pasó. —Mientras comenzaba a beber su «enorme tazón de café con leche» su vista reparó en el recorte de periódico que continuaba sobre la mesa, y haciendo una pausa señaló—: Eso es de mi padre... ¿Qué hace aquí?

—Intento convencer a Mark para que los fabrique.

—El viejo se moriría feliz si algún día los viera funcionar; manosea tanto ese recorte que huele a pescado.

—Es que parece muy interesante.

—Hace años estuve saliendo con un ministro de Marina al que quise hacerle comprender que si cientos de cámaras nos vigilan y existen «drones aéreos», resultaría lógico que existieran «drones marinos» de vigilancia costera. No solo salvarían vidas, también servirían de protección contra el tráfico de drogas y la pesca ilegal al tiempo que protegerían la fauna... —Le hizo un gesto a Roman con el fin de que le aproximara la tarta de chocolate y se cortó una generosa porción mientras añadía con desconcertante descaro—: En la cama lo habría conseguido, pero lo único que quería era que la gente creyera que se acostaba conmigo y supongo que le acojonaba hacer el ridículo porque probablemente la tenía como un boquerón en vinagre. —Le dio un mordisco a su pedazo de tarta antes de añadir con la boca llena—: Me ha ocurrido con varios, y curiosamente ninguno era bajito.

—¿Y qué tiene que ver la estatura?

—No lo sé; pregúntale a una psicóloga... —Cambió de tema con la sorprendente habilidad que le caracterizaba al inquirir señalando el recorte—: ¿De verdad piensas fabricarlos?

—En realidad no hay mucho que fabricar porque

los componentes existen y lo único que tendremos que hacer es ensamblarlos.

—Mucha gente te lo agradecería.

Mark Reynols fue a decir algo, pero advirtió que su móvil vibraba; como en el insonorizado comedor había poca cobertura, salió a cubierta con el fin de responder y le sorprendió el tono, visiblemente molesto y casi airado, de quien le llamaba:

—¡Podía habérmelo advertido! —fue lo primero que le dijo sin darle tiempo a saludar—. Si llego a saber que iba a actuar por su cuenta no me hubiera molestado en ayudarle; es peligroso.

—¿De qué me habla...? —protestó—. ¿Y a qué viene ese tono?

—A que si ha decidido doblar la recompensa, el primero que tendría que saberlo soy yo.

—¿Pero de qué me habla...? —repitió desconcertado—. Yo no he doblado ninguna recompensa.

—¿Cómo que no? —Resultaba evidente que ahora era Hugo Swan el desconcertado, y casi se diría que perplejo cuando inquirió—: ¿Si usted no los ha puesto, de dónde salen esos otros cuatro millones?

—¿Qué cuatro millones?

A lo largo de su nefasto historial el inescrupuloso traficante de armas Hugo Swan se había enfrentado a todo tipo de avatares, pero aquella absurda situación lo superaba, por lo que se concedió a sí mismo el tiempo que necesitaba a la hora digerir tan indigerible situación.

Por fin, tras casi tragar saliva, se atrevió a preguntar:

—¿Me jura que no ha sido usted?

—Cada vez que mi padre juraba yo sabía que estaba mintiendo y tal vez por eso nunca juro, pero le garantizo que ni yo, ni nadie de mi entorno, tiene nada que ver con ese dinero.

—Pues me deja de piedra... —admitió el otro—. Aquí debe haber alguien increíblemente listo o increíblemente tonto.

—O unos increíblemente listos y otros increíblemente tontos. El problema estriba en dilucidar a qué grupo pertenecemos.

—Pues yo no he llegado a viejo para que me incluyan en el pelotón de los torpes, o sea que voy a actuar en consecuencia.

Colgó sin más explicaciones, por lo que el inglés se quedó contemplando el mar como un mascarón de proa.

Siempre se había considerado una persona sensata dentro de la insensatez que significaba haber nacido en el seno de una familia dedicada en cuerpo y alma a la tarea de matar inocentes, por lo que se negaba a admitir que la histoira de una simple colilla enviada por correo hubiera degenerado de aquella forma.

Regresó al comedor optando por no contar nada

para no alarmar más a quienes ya se les acumulaban las preocupaciones, e hizo bien, puesto que incluso alguien tan inasequible al desaliento como Sandra Castelmare parecía desalentada.

Hablaron por tanto de las ventajas y desventajas de los minisubmarinos hasta que hizo su aparición una ojerosa Berta Muller, lo que evidenciaba que estaba pagando las consecuencias de cuanto había bebido la noche anterior.

—Me han llamado del laboratorio... —dijo tomando asiento como si fuera lo último que haría en esta vida.

—¿Y...?

—Han encontrado filtros que contienen arsénico.

—¡Arsénico...!

—Arsénico.

—¿Y cómo es posible?

—Según mis técnicos tan solo existe una explicación: han sido fabricados utilizando aguas contaminadas.

—¡Pero eso es absurdo! —protestó Roman Askildsen—. El arsénico es el rey de los venenos, y como solía decirse, «el veneno de los reyes», porque era con el que se eliminaban los unos a los otros. ¿Quién sería capaz de utilizar un agua que lo contiene a la hora de fabricar algo que la gente se va a llevar a la boca?

—Un ignorante o un canalla, pero a estas alturas

me inclino por lo último... —sentenció la luxemburguesa para añadir al poco—: No obstante, dentro de tan mala noticia, tal vez exista una buena noticia.

—¡Perdona, cielo...! —intervino la italiana a la que se advertía cada vez más descentrada—. ¿Qué buena noticia puede contener el hecho de saber que están envenenándonos? Por lo que yo sé, que admito que no es mucho, el arsénico afecta incluso a los fetos por lo que los niños nacen deformes. Entiendo que un rey envenene a otro, incluso que una mujer se quiera librar de su marido o viceversa, pero que en pleno siglo XXI alguien fabrique algo que sabe que es letal me resulta inconcebible.

—¿Acaso te has quedado ciega? —inquirió un impaciente Mark Reynols—. No solo una persona, ¡miles!, lo hacen a diario, porque todas saben que el tabaco mata y también afecta a los fetos, pero no solo continúan fabricándolo sino que le añaden productos que lo hacen aún más adictivo. ¿Y cuántos traficantes de drogas viajan en yates como este, sabiendo que van dejando tras de sí una estela de cadáveres? Un alemán, frustrado porque sus propias limitaciones no le permitían llegar a comandante, estrelló un avión llevándose consigo a ciento cincuenta personas. Y suerte hubo porque se lanzó contra una montaña inaccesible y no contra una ciudad en la que hubiera causado una masacre. Tu «Pleno Siglo Veintiuno» no es ni peor ni mejor que los anteriores; lo que ocurre es que está más poblado, y por la simple ley de las probabilidades, cuanta más gente exista, mayor porcentaje de canallas.

Nadie pareció capaz de contradecirle, puesto que bastaba con estar medianamente informado para asombrarse de la ingente cantidad de atrocidades que se cometían a diario, muchas de las cuales ni tan siquiera trascendían.

Y quien había soltado tan larga parrafada sabía de lo que hablaba debido a que su propio apellido, «Reynols» seguido de una simple K constituía el mejor ejemplo de hasta qué punto la codicia conseguía prevalecer sobre cualquier otro sentimiento.

—¿Y qué vamos a hacer ahora?

Berta Muller era la única que tuvo respuesta:

—Como estaba intentando decir cuando me interrumpiste, querida, la mala noticia, por horrible que pueda parecer, contiene en sí misma una posible buena noticia.

—¿Y es...?

—Que lo que tenemos que hacer, tal como se hace cuando en una corriente de agua se descubren rastros de oro, plata, cobre o diamantes, es averiguar de dónde proviene esa agua.

«La contaminación por arsénico del agua subterránea en Bangladesh representa una amenaza para la salud de treinta millones de personas. El problema se origina en el lecho rocoso rico en arsénico de la cuenca del río Brahmaputra, que filtra el agua potable bombeada a la superficie por miles de pozos entubados. Los niveles de arsénico del agua potable son tan altos que la Organización Mundial de la Salud describe la contaminación por arsénico en el suministro de agua como "el mayor caso de envenenamiento de una población registrado en la historia".

»En Bangladesh y en otras partes de Asia las personas no solo están expuestas al arsénico presente en el agua potable, sino de manera indirecta en los cultivos alimentarios regados con aguas subterráneas contaminadas. "En los lugares donde hay una gran concentración de arsénico en el suelo y en el agua se ha encontrado un alto contenido de arsénico en los cultivos." "Diversos estudios han informado de una correlación entre la presencia de arsénico en el suelo y la reducción de los rendimientos de los cultivos." El informe se basa en un estudio de la FAO para el Desarrollo en Bangladesh, el país que más padece la contaminación por arsénico en aguas subterráneas. El estudio analiza de qué manera el arsénico podría transmitirse al arroz a través del riego.

Hasta ese momento, muchos estudios habían investigado el problema del arsénico en Bangladesh, pero solo en relación con el agua potable. Integrante de la familia del nitrógeno, el arsénico es un semimetal inodoro e insípido que se encuentra en la naturaleza tanto en rocas como en suelos. Puede combinarse con otros elementos para formar compuestos arsenicales, orgánicos e inorgánicos y estos últimos son los más tóxicos y predominan en el agua. La OMS señala que el consumo durante periodos prolongados de agua potable que contenga una cantidad de arsénico mayor de diez microgramos por litro puede causar arsenicosis, enfermedad crónica que provoca dermopatías, gangrena, así como cáncer de riñón y cáncer vesical.»

Berta Muller dejó sobre la mesa el informe que acababa de leerles al tiempo que señalaba:

—Cuando el río suena agua lleva, cuando lleva agua envenenada suena a envenenamiento, y cuando se envenena personas a sabiendas, suena a homicidio.

—¿O sea que los fabrican en Bangladesh?

—También podría ser en la India o cualquier otro país de la región con aguas de parecidas características, que por desgracia de igual modo existen en el norte de África y Sudamérica.

—Pero no tenemos una absoluta seguridad respecto a Bangladesh —puntualizó Mark Reynols.

—De momento no, pero reúne las condiciones soñadas por los inversores porque es uno de los países más pobres del mundo, azotado por continuas catástrofes naturales. Al parecer no les basta con los estragos de los monzones ni con la hostilidad de unas aguas que envenenan sus escasos alimentos; además tienen que soportar la plaga de chacales que instalan allí sus fábricas pagando salarios de miseria, sobre todo a mujeres y niños. Y no se trata únicamente de filtros; se trata de ropa, zapatos, juguetes, compresas, cosméticos o medicamentos falsificados.

—¿Te han falsificado alguno?

—Alguno... —admitió a desgana la luxemburguesa—. Pero eso se incluye en el capítulo de pérdidas y ganancias. Ahora lo que importa es localizar esas fábricas porque cuando el humo caliente atraviesa el filtro, si este contiene partículas de arsénico, por pequeñas que sean, su efecto tóxico se puede multiplicar afectando al paladar y a la lengua del fumador.

—¡Dios Bendito! —se lamentó la siciliana—. Si alguien sabe eso y lo consiente es peor que un mafioso de Castelmare; al menos los mafiosos respetan a las mujeres y a los niños.

—Quienes invierten en Bolsa no son capos mafiosos, querida —le hizo notar su ex novio—. Entre otras cosas porque les faltan huevos para serlo; se limitan a alzar la cabeza y estudiar la marcha de las cotizaciones sin preguntarse si ese filtro, esa compresa, esa toallita desechable, ese juguete o esa blusa azul han sido fabricados con aguas contaminadas.

—Lo paradójico estriba en que tal vez acabe siendo él quien fume ese cigarrillo, su esposa la que utilice la compresa, su hijo el que juegue con esos juguetes, y su hija la que se ponga la blusa —replicó ella—. Y ni siquiera entonces se preguntarán por qué razón la peor de las enfermedades decidió atravesar el umbral de sus hogares.

—Ya basta de palabrería... —intervino Mark Reynols que solía ser quien iba más directamente al grano—. No es momento de perder el tiempo con «disquisiciones filosóficas» muy apropiadas para una tranquila sobremesa, sino de determinar de dónde provienen esos filtros porque sospecho que es de ahí de donde parte el problema. Alguien parece estar dispuesto a todo para que esa monstruosidad no salga a la luz y por nuestra parte sería injusto acusar sin pruebas irrefutables a Bangladesh, o a quienquiera que sea.

—Para eso existe internet —le hizo ver Roman Askildsen.

—¿Y qué tiene que ver internet?

—Conozco a un par de tipos que se sientan frente a un ordenador y a las pocas horas te dicen cuántas empresas, quienes son sus dueños, qué demonios fabrican, cuánto facturan y a qué clientes sirven hasta en el último rincón del planeta, incluido Bangladesh.

Berta Muller descolgó el teléfono y se lo alargó limitándose a señalar:

—¡Llámalos!

La sala se encontraba atestada de periodistas, así como de estrellas de cine, productores, distribuidores o personajes de la política y las finanzas que sabían que el Festival de Cannes era un lugar idóneo a la hora de exhibirse y pasear por la alfombra roja demostrando que se encontraban en la cima del estatus social.

Nadie había querido perderse el peculiar evento porque se sabía de antemano que correría el mejor *champagne* acompañado de canapés de auténtico caviar y los más selectos patés porque sus organizadores constituían una inusual pareja en lo que antiguamente se conocía como «el Mundo del Celuloide».

Dos incalculables fortunas, una proveniente del negocio de las armas, y la otra de los medicamentos, habían decidido unirse «contra natura» con el fin de financiar una superproducción de la que tan solo había trascendido que el guion estaba firmado por la perfeccionista Irina Barrow y la protagonista sería nada menos que *la Divina* Sandra Castelmare.

Era jueves, apenas faltaban cuarenta y ocho horas para que se conociese el nombre del ganador de La Palma de Oro, y entre copa y copa los asistentes hacían apuestas o se limitaban a emitir su opinión sobre las virtudes y defectos de cada director, actor o actriz que habían participado en el certamen.

Cuando, al fin, en el estrado hizo su aparición una conocida locutora de la televisión francesa se fue haciendo poco a poco el silencio hasta que al fin, y tras dar los consabidos golpecitos en el micrófono con el fin de comprobar que funcionaba, cosa que no siempre sucedía, se limitó a ir presentando a quienes se iban sentando a su lado, Berta Muller, Irina Barrow, Mark Reynols, Roman Askildsen y, ¡por fin!, ocupando la presidencia, la esplendorosa y muy admirada Sandra Castelmare.

La ovación fue digna de ella, que la recibió con la naturalidad de quien ha recibido muchas, lo agradeció sacando la lengua y bizqueando, le dedicó una ostentosa «peineta» a un director polaco que se encontraba en primera fila y con el que era cosa sabida que solía mantener sonoras broncas pese a que trabajaban juntos a menudo, y cuando las risas y los comentarios se calmaron, se humedeció los labios y comenzó diciendo:

—Queridos amigos y enemigos, que aquí hay de todo porque no tener enemigos significa que no has llegado a nada en esta vida, me alegra comunicaros que a partir de ahora tal vez cuente con algunos nuevos amigos, pero mis enemigos se multiplicarán porque quienes nos encontramos tras esta mesa aspiramos a convertirnos en los seres más odiados de la tierra...

Hizo una de sus bien estudiadas pausas, consciente del efecto que habían producido sus palabras, aguardó a que cesaran los murmullos, y tan solo entonces señaló al grupo de uniformadas azafatas que acababan de hacer su entrada por las puertas laterales, y que iban entregando a cada uno de los presentes un sobre cerrado.

—Os suplico que de momento no lo abráis... —añadió al poco—. Tiempo tendréis de estudiar con calma su contenido, pero puedo adelantaros que es un informe que se ha cobrado muchas vidas y que se cobraría muchas más si se continuara ocultando como se ha ocultado hasta ahora.

Nueva pausa, bebió agua, respiró profundo, sonrió a quienes se encontraban a su lado, y al fin añadió como si se lanzara de cabeza al mar:

—Tan solo soy una actriz a la que muchos consideran, y con razón, un tanto casquivana debido a que a menudo ha renegado de su talento prostituyéndose al aceptar papeles poco dignos, pero os prometo, mujer y siciliana, que pese a quien pese, y aunque nos cueste la vida, vamos a hacer una película que demuestre que se está cometiendo un crimen contra la Humanidad, y que quienes lo cometen están dispuestos a seguir cometiéndolo a no ser que alguien decida hacerles frente...

Muy lejos de allí sonó un teléfono; un hombre lo descolgó, escuchó, se limitó a dar las gracias, colgó y concluyó de regar, sin prisas, una delicada orquídea. Luego se despojó de los guantes y procuró reunir las fuerzas que necesitaba para comunicar a su hija que se había quedado viuda.

Cuantos la escuchaban parecieron comprender que quien les hablaba no tenía nada en común con la alocada Sandra Castelmare, ya que se la advertía muy seria y segura de lo que estaba diciendo:

—Quienes intentarán silenciarnos no quieren que sepáis que cada nueva colilla que os encontraréis al salir a la calle está contaminada por la saliva de enfermos de sida, sífilis, tuberculosis o hepatitis, y que con frecuencia vuestros hijos juegan con ellas en los parques públicos o en las playas...

Muy lejos de allí sonó un teléfono; un hombre lo descolgó, escuchó, dio la gracias y se entretuvo en acariciar le piedra que le servía de pisapapeles. Al poco marcó un número y cuando le respondieron señaló: «Se nos han adelantado por lo que te recomiendo que presentes tu renuncia y te centres en encontrar un hígado nuevo. La batalla va a ser muy dura y lo vas a necesitar.»

—Quienes intentarán silenciarnos no quieren que sepáis que algunas de esas colillas contienen arsénico, que produce mucho más daño que la nicotina o el alquitrán...

Muy lejos de allí sonó un teléfono; un hombre lo descolgó, escuchó y palideció cuando una conocida voz le dijo: «Ya no es necesario que presentes la demanda, pero te recomiendo que no vuelvas a ejercer como abogado o pasarás el resto de tu vida en la cárcel.»

—Quienes intentarán silenciaros no quieren que sepáis...

Muy lejos de allí comenzaron a sonar miles de teléfonos porque las bolsas de todo el mundo bajaban...

Alberto Vázquez-Figueroa
Abril de 2015